心里满了，就从口中溢出

[美] 桑顿·怀尔德 著
Thornton Wilder

黄七阳 译

阿尔刻提斯之歌

The Alcestiad

SPM
南方传媒　广东人民出版社
·广州·

目录

前言 / 1

人物 / 20

场景 / 22

第一幕 / 23

第二幕 / 81

第三幕 / 157

醉酒的女神 / 227

前言

　　人们总是将生命看作一条沿着既定路线奔流的河，而在桑顿·怀尔德的小说《第八日》的最后几页，我哥哥让其中一位主角反驳了这种看法。相较之下，一个人的人生经历就像一张织毯，它的长和宽都不确定，两面的纹路也不尽相同。彩色的纱线勾勒出故事的轮廓，设计上也许极不对称，却清晰、真实而完整。是记录，也是肖像。

　　桑顿的命运织毯起初还很小，七八岁时他生活在威斯康星州的麦迪逊市，在阅读布尔凡奇的《寓言时代》时第一次听到了阿尔刻提斯这个名字。在前基督教时期的希腊神话和歌谣中，国王佩利阿斯的女儿是公主中的公主。她的故事占据了他的想象，也俘获了他的心灵。她的白色纱线嵌进了他的命运织物中，阿尔刻提斯成为他潜意识中一份温柔的坚持，一个有待发掘的灵感素材。她是一个戏剧雏形，直到多年后才得以创作出来。

当怀尔德一家搬到加利福尼亚州伯克利时，阿尔刻提斯之线打了个结。桉树林山坡上建有一座宏伟的希腊剧院，是学校和小镇生活中生机勃勃的一部分。古典学系每年都会制作几部索福克勒斯、埃斯库罗斯和欧里庇得斯的戏剧作品。我们的母亲参与了服装组的志愿工作，用模板印出希腊钥匙的形状，或是在漂亮的长袍上印上月桂树叶的图案。她给桑顿做了一件有贝壳镶边的蓝色小袍子——给哥哥阿莫斯做了一件绿色的——然后让他们去扮演雅典民众。桑顿就这样了解到了"整个"剧场和古希腊的黄金时代，在这之前，他的全部剧场经验不过是坐在密尔沃基剧院的后排看了一场《皆大欢喜》。

桑顿十岁了，黑头发，蓝眼睛，充满好奇心，精力旺盛。早在十岁之前他就掌握了作家们的工具，驯服了二十六个字母为自己服务，将它们组成词汇，在适当的时候用来表达自己。

他早睡早起写作，随着词汇量的增长，他开始创造对话。他给我们和邻居的孩子披上借来的纱，哄着我们一起朗诵他的豪言壮语。

四年之后，他成为中国烟台一所教会学校的寄宿生。在一所英国人开办的专为牛津、剑桥入学考试做准备的学校里，他开始了对古典文学的学习。

他大学时代的前两年是在俄亥俄州的欧伯林学院度过的。在那里他成了查尔斯·H. A. 瓦格教授的得意门生和朋友，而瓦格教授本身也是一名出色的古典文学家。1920 年从耶鲁大学毕业后，他在美国设立于罗马的古典学研究院待了八个月，阿尔刻提斯之线在这些年里有了更清晰的纹路。尽管不是一名研究员，他还是会去听讲座，和考古学家们一起去挖掘现场，仔细研读莎草纸上的文字。在意大利的博物馆和美术馆里，他捕捉到了阿尔刻提斯的影子。

在二十世纪二三十年代里，这张命运织毯延展得更大，也变得更加密实。他开始从事教学工作——先是在劳伦斯维尔学校教授法语，然后在芝加哥大学教授比较文学，其中也会讲到古希腊的剧作家们——还有巡回演讲以及在好莱坞进行电影剧本创作。他出版了两部短剧集和四部小说，其中一部《圣路易斯雷大桥》为他赢得了普利策奖，在三十岁的这一年使他名扬四海。随之而来的是各种特权、荣誉和令人眼花缭乱的机遇，同时他也失去了很多隐私，身体、思想和精神都受到了危害。

这几年里，桑顿的第一部长剧《我们的小镇》在制作演出后便取得了成功。第二部剧《扬克斯商人》则以失败告终。安德烈·奥比的剧作《卢克丽丝》由凯瑟琳·康奈尔委托给我哥哥翻译，这部剧开演后又停演。与此同时，他帮鲁斯·戈登改编的易卜生的《玩偶之家》则取得了巨大的成功。

1939 年夏天，桑顿终于完成了所有的邀约工作，带着完全自由的状态和满腹个人创作计划回到家中。他已经写了两部作品的开头，两部都是戏剧。一部还没有命名，另一部就是《阿尔刻提斯之歌》。九月到了，希特勒的军队横扫了荷兰和比利时，桑顿别无选择。《阿尔刻提斯之歌》并不适合一个战乱的世界。此时尚未被命名的《九死一生》才更合适。

珍珠港事件后，桑顿被任命为空军上尉。很巧的是，他出国服役前的最后一天，正是《九死一生》在纽约首演的日子。我和母亲同他告别的那个早上，他拍了拍自己鼓鼓的行囊说道："我打包了《阿尔刻提斯之歌》的手稿在里面。我一直在琢磨把它写成一个不错的独幕剧，很可能只需要第二幕的那一大场戏。我想留下一部完成的作品……说不定能派上用场，妈妈。《九死一生》能不能成功也说不定呢……"

两年后，他弄丢了自己的手稿。彼时他已经是一位空军中校，正在波士顿附近的军营里等待着退伍。指挥官批准他离开三天，桑顿从后湾车站直奔科普利广场的波士顿图书馆，再次沉浸到了古希腊的黄金时代之中。几天后，他终于在三年后又一次坐在了康涅狄格汉姆登自己的书桌前。

此刻我面前正放着那时他留下的一张纸，一面用大写字母打印着：

《阿尔刻提斯之歌》
一出充满问题的戏剧

反面是他写的一些小字：

（第一幕戏的草稿，包括有忒瑞西阿斯的场景，都在

战争前完成，已经遗失）

　　第一幕初稿，1945 年 5 月和 7 月

　　第二稿，1945 年 7 月 8 日开始创作

　　第三稿，12 月开始（在第二幕与第三幕的一半完成后）

没写上的日期应该是 1945 年。

　　遗失手稿给哥哥带来的影响远不是这几行笔记可以传达的。他急切地想要回到和平时期的状态中，这激发了他的热情，让他如记录中所写的样子，连续创作了七个月的时间。然而，就如同其他上百万的士兵们一样，他回到家时不只是迷茫与疲惫，整个人也完全改变了。他不再能够以战争之前那样的视角来看待阿尔刻提斯了，他的体力和精力也不足以支撑自己保持一个亢奋的状态来完成工作。他发现自己所做的更多是破坏而不是创造。好在他意识到了这一点，在造成破坏前就停止了自己的工作。

　　古代文学故事里满是战场和战士，暴君和英雄。哥哥的思绪还围绕着他自己在希特勒和墨索里尼带来的战争中的经历：

他在北非待了一年，就在那些希腊与罗马帝国留下的废墟与阴影里；又在意大利南部待了一年，那里同样充满戏剧性的传说，例如恺撒的胜利。桑顿突然有了新作品的灵感，他的小说《三月十五》在1948年出版。这部小说开启了他回归文明世界的道路，他又开始教书，演讲，上剧场，重新思考阿尔刻提斯的故事。

在欧里庇得斯之后，有许多作家想要以自己的方式改编阿尔刻提斯的故事。1773年，克里斯托夫·马丁·维兰德以此为题创作了一部歌剧剧本。在十九世纪，奥地利诗人胡戈·冯·霍夫曼斯塔尔和英国作家罗伯特·勃朗宁也都选取过这个题材。T. S. 艾略特在他成功的剧作《鸡尾酒会》中也有所借用。也难怪，这个故事的主旨是夫妻之间的爱，以及妻子愿意为了丈夫而死。这对任何想要发掘和赞美人类能动性的作者来说，都是充满吸引力且发人深省的挑战。

1954年，《媒人》在爱丁堡艺术节上演并获得成功——这部有趣的作品由纽约的失败之作《扬克斯商人》而来，后来发展成为大热的音乐剧《你好，多莉！》——制作人委托我哥哥为下一季创作新作品，这给了他完成《阿尔刻提斯之歌》的动力。他在普罗旺斯的艾克斯闭关创作了很长一段时间。圣诞节时，他聚集了包括我在内的一帮朋友，一起在瑞士的维拉斯待了两周。在此期间，我依据他的手稿打出了新文本的前两幕，他立刻提交给了艺术节组委会。泰隆·格思里接受这出戏参与到 1955 年的节目中，春天离开艾克斯之前，他提交了第三幕。

古希腊剧场的演出由内容相关联的悲剧三部曲组成，通常还有一出羊人剧[1]——用前面剧中的人物和情节进行或幽默或尖锐的注解。欧里庇得斯是三大对手剧作家中最年轻的一位，他有时会打破传统，写一部可以独立上演的剧本，或者该剧可以与其他剧目组合成为三部曲。他的《阿尔刻提斯》就是这个类型的剧目之一。事实上，由于它的"大团圆结局"——女主角被赫拉克勒斯从冥界带回人间，《阿尔刻提斯》偶尔甚至会被用作羊人剧演出。

我哥哥对于他这版改编的第一个想法，是将欧里庇得斯的文本进行全新翻译作为中间一幕，然后创作第一幕和第三幕把

---

1 羊人剧，是一种轻松的笑剧，不是喜剧。一般在三部悲剧上演后进行演出，作为一种调剂。——译者注

第二幕框起来。很快他就放弃了这个计划，因为这不符合他的目的。

在希腊人讲述的传说和几个世纪后布尔凡奇的记录中，阿德墨托斯国王知道，如果有人愿意为他而死，他就可以活下去。他向他的仆人、昔日的军中同僚和朋友们求救，但无济于事。而后，他不遗余力地恳求他的父母，指出既然他们的寿命所剩无几，请求他们代死只是小事一桩。但无论是老父亲还是老母亲，都不愿意为儿子放弃生命。国王没有请求他的王后做出这个牺牲，当阿尔刻提斯带着爱献出她的生命时，他的抗议显得不温不火，毫无意义。

桑顿让阿德墨托斯不曾得知自己可以通过他人的死亡得到拯救，在第二幕造就了一个戏剧性和情感的高潮，并深化了人物形象和夫妻关系，为这个传说原本简单的故事线赋予了来自二十世纪的丰富解读。关于他的这个版本，哥哥说过：

> 从某个层面上来说，我的剧本描述了一个女人——许多女人——从一个犹疑的新娘成长为经受痛苦考验的妻子，最后成为不堪重负的老人。在另一个层面上，它

9

是一个关于神和人，关于死亡和冥界，关于伟大的爱和伟大的试练后的复活，关于篡夺和复仇的疯狂而浪漫的故事。在又一个层面上，它是一部喜剧……关于天界和人间沟通上的极端困难，关于人类和神明的不可比性所造成的误解。[1]

在桑顿的其他作品中，1930年出版的第三部小说《安德罗斯的女人》在设定、情感和思想上与《阿尔刻提斯之歌》最为接近。故事发生在希腊的一个小岛上，彼时阿尔刻提斯已经成为传说。这部作品是一首怀旧的、宁静却也充满激情的散文诗，它像一座桥，一端陷在残酷的异教世界的泥沼中，另一端延伸向正缓缓到来的解放的黎明。女主角克里西丝漂亮、聪明，受过一定的教育，但因为自己交际花的身份被边缘化。然而，她是阿尔刻提斯女王精神上的姐妹。

通过这两个女性角色，桑顿向所有女性表达了敬意，也让角色承担起传递自己主旨的重任。克里西丝在她的生和死中都

---

1 引自保罗·M.库贝塔的《现代戏剧分析》（纽约：霍尔特，莱因哈特和温斯顿公司，1955），第595—596页。

赞颂了全部生命——"光明抑或黑暗"——并教导其他人也要这样做。她在不自知的情形下成了一位先知，为人类指明了更高的希望所在。

当然，阿尔刻提斯这个名字，早在桑顿听说她之前，就已经承载了许多意义，被月桂花环围绕。在他的剧中，阿尔刻提斯从冥界被带回，重新生活在阿波罗的光芒之中，她的结局也与人类不同。神把她从死神那里偷了回来，坚持要她永远活着。阿波罗将她从阿德墨托斯身边偷走，也夺去了她——以及国王为她在皇家陵墓中立碑的机会。阿波罗把她带到自己的长青林中，她仍在那里徘徊，成为一个象征，一个神话，一个讲给我们所有人的真理：在基督教人文主义精神看来，一个逃离了黑暗的人，她自己就是地平线上的一束光。

一部以古希腊戏剧形式写下的戏剧，理论上应该以传统的古典形式在一个大理石建造的露天剧场中演出。桑顿创作这版《阿尔刻提斯之歌》，也是为了它能够适应传统的镜框式舞台。在爱丁堡，这出戏的演出环境有所不同，是在一个叫作苏格兰教会大会堂的巨大谷仓里进行表演的。剧院呈箱形，一排排并不舒适的座位构成了一个三面舞台——若是要为教会政治和教会条例而在会议上互相争斗，这倒是个完美的环境。

在这个不太合拍的演出环境中，《阿尔刻提斯之歌》这个简单的故事不得不被放大到一个夸张的比例。泰隆·格思里导演的处理激动人心却过度戏剧化了，他增加了舞台行动，用群戏场面填满舞台和过道。且不说是好是坏，这出戏的本质完全丧失了。

甚至连剧名都改成了《阳光下的一生》，委员会认为这个名字"更具票房吸引力"。桑顿从苏格兰给身在麻省剑桥的哥哥阿莫斯写的信中提到了这一点：

> 这就是《阿尔刻提斯之歌》，但老板们不想用这个名字。对于一出充满了可怖情节的戏来说，《阳光下的一生》这个名字过于轻松愉快了，但他们说阿尔刻提斯的生命源于阿波罗，而阿波罗就是太阳，所以就有了这个名字……

桑顿还是得到了一些补偿。他不是一个会绝望的人，甚至也不会焦虑太久。格思里的才华创造了一些精彩段落，以艾琳·沃思为首的是一个强大的演员阵容。尽管批评家们还是老样子，先是充满兴趣与理解，随即便是因全知而不屑。而大部分的观众尽管坐在很不舒服的位置上，但都给出了积极的反响和明确的肯定。

最重要的是，作者看到自己的作品立体而生动地呈现了出来，他知道自己做到了哪些，又有哪些不足。当泰隆·格思里非常有雅量地向他吐露"我没有把你的戏演好"时，桑顿也得到了安慰，他觉得是被苏格兰教会大会堂这个场地给坑了。

国内外有许多戏剧制作人对这部作品感兴趣，想获得授权在纽约制作。哥哥对于他想要在文本上进行的调整也有自己的想法。他与一些导演进行了交流，听取了各种建议，开始着手修改。这对他来说一直不是件容易的事，他擅长的是活在当下，着眼于未来。有太多人围着他给他建议，于是他告诉他们："我需要更长远的考量。"他收回了剧本，拒绝了那些想要基于此版本制作的请求。

当他从这种完全无法适应的压力中解脱出来后，他开始有了新的想法，想要按照希腊戏剧的传统来创作《阿尔刻提斯之歌》和羊人剧。很快，他就沉浸在《醉酒的女神》的创作中了。这是作家或各种形式的创作者偶尔会经历的状况，他一下就"想到"了这部作品，就像一条直线，从头到尾一气呵成。作品1957年在《大西洋月刊》上发表，和原稿相比几乎没有任何改动。

因为希望《醉酒的女神》能在舞台上呈现，我哥哥签了合约，让这两部戏能够在瑞士苏黎世的剧院上演。第二次世界大战期间，《我们的小镇》和《九死一生》都是在这个剧院进行的欧洲首演。德国和奥地利最知名的导演和演员们都在瑞士避难，桑顿的叙事作品和戏剧作品，都为他们所熟知并给予了高度评价。

桑顿与译者赫伯特·E.赫利奇卡合作，赫利奇卡是维也纳人，曾将他早期的许多作品翻译成德文。相较爱丁堡的演出版本，桑顿做的修改并不大，他希望看到另一位导演和另一个团队来呈现同一个剧本。这个版本的制作在各种意义上都令人激动和震撼，观众在剧院里高度专注，在各幕之间进行讨论，演出结束时用力鼓掌，离开剧院时活力满满。

苏黎世首演之后，该剧在全德国大大小小城市的国有剧院都进行了完整版的演出，维也纳城堡剧院也上演了该剧。在此期间，桑顿做了进一步的修改，为了回应在德国的巨大反响，《阿尔刻提斯之歌》在1960年由费舍尔出版社出版了德文版剧本。

该剧在报纸和杂志的文学栏目，以及学术期刊和书籍中都引起了讨论。凯特·汉伯格在她关于现代文学中的古典人物的集子《从索福克勒斯到萨特》[1]中写道："怀尔德的作品是现代世界文学中对阿尔刻提斯这一题材最重要的表达。"

尽管桑顿没有继续把《阿尔刻提斯之歌》写成一个英文的戏剧剧本，他也没有放任不管。他在为自己非常欣赏的作曲家露易丝·塔尔玛寻找歌剧剧本题材时，似乎不可避免地完成了这个循环。

这部歌剧也叫《阿尔刻提斯之歌》，历时六年完成制作，1962年3月2日在德国法兰克福重建后的极为华丽的歌剧院进行了首演。这是一部规模宏大的歌剧，需要动用很大的舞台、

1　*纽约：昂格尔，1969。翻译自 Von Sopbokles zu Sartre, Griecbische Dramenfiguren Antik und Modern, Stuttgart, 1962.*

大规模管弦乐队和一大批演员。在补贴的支持下，制作得以满足这些要求，英格·博克将阿尔刻提斯演绎得极为出色。大幕落下时，剧院里响起雷鸣般的掌声和此起彼伏的叫好声。大家进行了三十多次谢幕，塔尔玛小姐、桑顿，每个人都被一次又一次地叫上去鞠躬致意。演出结束后的晚宴上，大家都十分雀跃。不过，在接下来的几天里和后来的周刊中，评论家们的反馈褒贬不一，其中一个隐晦但明确的抱怨是女人不应该写歌剧，还有就是音乐过于现代了。

对桑顿而言，他对配乐完全满意，他认为作品的不足之处都源于自己作为词作者的经验不足。这部歌剧后来常以音乐会的形式上演，其中的咏叹调也在各种独唱会中被演唱。桑顿从未怀疑过，这是一部领先于时代的作品，总有一天会得到充分的认可。

虽然我哥哥很早就开始写作，但他的作品列表并不长：七部小说，一些论说性散文和关于自己与他人作品的序言，两部短剧集和四部长剧，其中《扬克斯商人》和《媒人》算作一部。在作品中，他不怕重复自己，也不怕受到薪火相传的传统大师们的影响。

关于他的戏剧作品，他在集子《戏剧三种》[1]的序言中写道：

> 我不是大家所期待的创新剧作家之一。我希望我是。
> 我希望自己的创作是为他们铺路。我不是一个创新者，而
> 是重新发现那些被遗忘的事物的人，希望我能清除那些妨
> 碍着我们的东西。

但他对形式进行了实验，敢于对现实时间、历史时间和文学时间进行创造，从历史中摘取事件，从故事和绘画中摘取人物，从神圣传说中摘取角色。他让死亡、天使、异教神灵和动物发声。

在他的三分钟剧本集《搅乱水池的天使及其他作品》[2]的前言中，我哥哥写到一个年轻作家的问题（他了解这些问题，因为他在十几岁的时候就写了集子中的一些剧本）。他描述了写作时欣喜和沮丧的时刻，以及各种各样的可能性：

1　纽约：哈珀兄弟出版公司，1957。
2　纽约：科沃德－麦肯出版公司，1928。

如果一个人不允许自己自命不凡，那么写作的实践将会多么不同。有些人别无选择：他们宁愿写一部失败的清唱剧，也不愿写一首成功的民谣曲。

桑顿始终坚信，废纸篓是作家最好的朋友。即便如此，现存的文档还是证明他写过一些"失败的清唱剧"，包括只有前两幕，第三幕从没创作出来的《百货商场》。这部作品以世界上最大、最诱人的商店为背景，在那里你可以找到你需要或想要的一切。还有一部未完成的史诗剧情片剧本《熔炉》，通过几代人的生活反映我们国家的发展。尽管他没有从其他项目中抽出时间来修改《阿尔刻提斯之歌》的英文剧本，使其与德文版内容保持一致，而且他肯定还会对剧本做出进一步调整，但目前的剧本并不算是"失败的清唱剧"。这部作品成功地反映了他对人类经验真实性最持久的信念。

桑顿·怀尔德的织毯已经完成。随着《阿尔刻提斯之歌》与《醉酒的女神》的出版和故事的讲述，他的全部设计得以清晰展现出来，以自己的文字能力，以自己的天赋，以人生的全部岁月，最重要的，以自身的信念和分享的愿望。现在，阿

尔刻提斯这团巨大的纱线，最后一段也已经解开，最后一针也
打好了结。在这个故事里，已经再没有谜团需要德尔斐来守
护了。

伊莎贝尔·怀尔德[1]

玛莎葡萄园

1977 年 7 月

---

1 作者为桑顿·怀尔德的妹妹，她是一位小说家和传记作家，同时也是桑顿·怀
尔德的文学经纪人、发言人和传记作者。——译者注

人
物

阿波罗 —— 太阳神

死神 —— 冥界之神

第一个看门人 —— 守夜人，中年，阿德墨托斯国王的仆人

阿尔刻提斯 —— 塞萨利王后

阿格莱亚 —— 年迈的女仆

忒瑞西阿斯 —— 盲人，年纪非常大，暴躁易怒，控制欲强，
马上就要老糊涂的状态

男孩 —— 忒瑞西阿斯的仆人

牧人一 —— 牧羊人

牧人二 —— 牧羊人

牧人三 —— 牧羊人

牧人四 —— 牧羊人

罗德普 —— 王宫中年轻的女仆

赫拉克勒斯 —— 宙斯之子

第二个看门人 —— 比第一个看门人年轻，阿吉斯国王的仆人

伊皮伊尼兹 —— 21 岁，阿尔刻提斯的儿子

切瑞安德 —— 伊皮伊尼兹的朋友

阿吉斯 —— 篡位的塞萨利国王

守卫一 —— 阿吉斯王宫的守卫

守卫二 —— 阿吉斯王宫的守卫

守卫三 —— 阿吉斯王宫的守卫

守卫四 —— 阿吉斯王宫的守卫

仆人们 —— 阿德墨托斯国王和阿吉斯国王的仆人们

塞萨利的百姓

场
景

塞萨利国王阿德墨托斯王宫的后院,

希腊黄金时代几个世纪之前。

第
一
幕

除了第三幕结尾和《醉酒的女神》结束后，全剧不设大幕。《阿尔刻提斯之歌》全剧三幕戏的场景均在塞萨利国王阿德墨托斯宫殿的后院，时间是希腊黄金时代几个世纪之前。每一幕戏都开始于一天的黎明，结束于同一日的黄昏。

宫殿是一座由粗粝石块砌成的低矮却宽敞的房屋，有着平坦的屋顶。巨大的树干仿佛组成了宫殿的门廊。宫殿大门是木制的，两扇门上各镶有一块镀金的牛骨。门前是平台，下几级台阶就能走到被松软土壤覆盖的庭院。

宫殿的前区占据了舞台后方左侧四分之三的空间，舞台其他区域则被泥砖墙围了起来。右边墙上是一扇大木门，直通外面的大路和费莱城。左边的墙稍低一些，墙上一扇小门可通往仆人们的住所。

舞台中央前区有一条小路（向右逐渐走低）直接通向剧院的乐池。这条路的下方是一个"洞穴"——一处有活水流动的清泉，一扇铜门通往冥界，门被藤条覆盖，却也足够大，能够让演员从中通过。这儿还有一条（看不到，只存在于想象中的）蛇——佩索。

黎明的第一道光线。

一束光渐亮,阿波罗正站在官殿的房顶上。他穿着金色的衣服,右肩上披着深蓝色的长斗篷。一束蓝色的光渐渐打亮泉水下方的冥界入口处,死神——穿着一件黑色的补丁外套,看上去像一只蝙蝠,或者甲虫——蠕动着沿着小路爬上来,在左边的门口以及官殿的门口嗅个不停。

这场戏自始至终,阿波罗一直注视着渐渐升起的太阳——平静而克制,嘴角带着一丝不易察觉的微笑。

阿波罗:

> (像在问早安一样)死神!

死神:

> 啊!你来了!阿德墨托斯的官殿迎来了一位尊贵的客人啊!我们这里今天要举行一场婚礼,竟有你来做客!你是不是来偷新娘子的啊,大名鼎鼎的阿波罗?

阿波罗：

> 死神，你活在黑暗之中。

死神：

> 是啊，是啊。阿波罗大人，你今天来，是不是
> 要给我们展现一些伟大的启示，伟大的神迹？

看门人摇着手中的鼓，提着羊皮灯笼绕过宫殿走到舞台
中央。

看门人：

> （念词）黎明时分，照例巡查。热情诚挚的阿德
> 墨托斯，塞萨利之王，千金万马的拥有者，宫
> 中万事顺遂。（向左侧走下台）黎明时分，大婚
> 之日——将是最伟大的婚礼之一。

他从左侧下场，回到仆人们的住所。

死神：

我刚问你呢，阿波罗大人，你是不是来给我们点奇迹看的？（停顿）是？不是？"是。"我希望是。当众神靠近人类之时，总是会有人死去。我的王国今天是不是会有幸迎来某个尊贵的客人？是阿德墨托斯国王还是阿尔刻提斯公主？

阿波罗：

没有。

死神：

让我等着瞧瞧。（他蠕动到场中央）我能不能再问问，你今天是带着哪一种属性和能力出现的？治疗者？（停顿）光明和生命的赐予者？（停顿）歌唱者？

阿波罗：

（仍然注视着太阳，轻松地）他们是同一个人，

是同样的。我今天来，是要开启一曲有情节的

歌谣 —— 一个故事 ——

死神：

一个故事！

阿波罗：

一个会被不断传讲的故事。

死神：

啊！那就是一个教导了！其中有给我的教

导吗？

阿波罗：

是的。

死神：

（用他的手脚拍打地面）不！

阿波罗：

是的，你会得到你的教导。

死神：

（勃然大怒）不！你没资格教导我。我永远都在这儿，而且永不改变。你们这些天上的神才需要教导。我现在就先给你上一课，（尖声尖气地）别管这些人类了，好好待在你的奥林匹斯山上，好好过你们的日子。你们的这些蠢念头我早就知道了，你们创造了这些生物，然后又迷上了他们。结果你们让整个世界乱成了一团，一天比一天糟糕。你所做的对他们不过是种折磨——谁能比我更了解呢？（他往回蠕动到小路的最上方，狂暴地晃动着身体）他们永远不会理解你的意思。你越是想要表达，就会把他们弄得越疯狂。

阿波罗：

> 他们已经开始理解我了。最初他们的确就像野
> 兽——野蛮，恐惧。就像是笼中的困兽，他们
> 自己就是自己的牢笼。后来有两件事情让他们
> 开始有了意识，开始寻索：我父亲的雷电，让
> 他们的恐惧变为敬畏；我的阳光，让他们学会
> 了感谢。在感谢之中他们发明了语言，我又给
> 了他们音乐。这些就是启示，他们理解了。一
> 个又一个人，意识到是我在搅动他们的心灵，
> 对他们言语。

死神：

> 是的，他们和以前不一样了："阿波罗爱塞萨
> 利，阿波罗爱费莱。"回你的奥林匹斯山去吧。
> 这种爱吧……很难说你们谁更不幸——是你，
> 还是这些可怜的造物。你想要介入他们的生活，
> 这就像一个巨人走进了小小的房间：你每挪一
> 小步，都会弄坏点什么。你今天打算让谁吃这

个苦头呢？国王？还是他的新娘？

阿波罗：

你。

死神：

我？我？所以你是打算也爱一爱我喽？不！谢谢！（移动起所有手脚，在小路上来回爬着，尖叫着）你休想找我麻烦，你也休想教导我。我和我的王国会永远存在。你怎么可能给我找麻烦呢？

阿波罗：

你生活在黑暗之中，所以看不到万事万物的改变。

死神：

（喊叫着）改变！没什么会变！（恐惧地环视一

下四周）天马上要亮了。所以你今天要讲的这

个故事是关于改变？针对我的改变？

阿波罗：

对你，也对我。

死神：

（消失在自己的洞穴，最后尖叫道）就对你！

阿波罗身上的光渐渐隐去，他消失在大家的视野中。

看门人回到场上，他摇了摇鼓，把灯吹灭。

看门人：

黎明到来，黎明到来。热情诚挚的阿德墨托

斯，塞萨利之王，千金万马的拥有者，宫中万

事顺遂。（走向观众）大婚之日 —— 将是最伟

大的婚礼之一，可事情都不顺利。她为什么无

法入睡 —— 这位公主，这位新娘，我们未来的

王后？就在夜里，我曾八次、十次在这里见到她——望着天空四处游荡。有时她走到大路上去，好像在等着什么信使。她站在这里，举起她的双臂低语："阿波罗！一点启示！一个启示！"启示什么？她嫁给阿德墨托斯国王是否正确？唉！她想寻求的最清楚明白的启示早已写在国王脸上了。哦，我已经有些岁数了，我知道每一位新娘在她们的婚礼前夜内心都会充满不安，但是何必为我们的阿德墨托斯国王感到不安，他赢得她的奇妙故事让整个希腊都为之惊讶。哦，朋友们，请记住我这个老看门人的建议：不要在凌晨三点的时候思考人生大事。在那样的时刻，你的心灵和头脑都没有温度，在那样的时刻——嘘——你会看到自己的房子着起火，你的孩子挣扎着死在你的脚边。等到太阳升起吧，事实都是一样的——人类生活的一切事实都是一样的——但阳光赋予了它们意义。请记住看门人给你们的建议。现在我要去喝点水。(走到泉水旁边，和蛇佩索打了个招呼)日安佩索，我的老朋友。今天你一定会过得不错，婚宴少不了你的份儿——一只羊，或者是半头牛。过去，好让我进行我的祭礼。(让手中捧着的水流出，一边念着祷文："生命之源啊——大地，空气，火，水……"然后又捧了一捧水喝了下去。对观众说话)看，我的朋友们。你们看到这些藤条下面的洞穴了吗？这是前往冥界的五个入口之一，我们的好佩索正是在此守护着入口。没有人进到过那里，也没有人从那里出来。就是这样——我们有很多不明白的事，这只是万分之一。(又喝了点水，同时后面传来动物被宰杀时的尖叫)好啦，大日子开始了。他们已经在为宴会宰杀牲畜了。厨子们生起了火，草原上满是国王们和首领们的帐篷，他们都是来庆祝阿德墨托斯国王和伊俄尔科斯国王佩利阿斯之女阿尔刻提斯公主的婚礼的。

他沿着小路往回走着。阿尔刻提斯穿着白色衣服从宫门缓步走出。可以听到动物们叫唤的声音。

看门人：

　　（继续说道）嘘，她又来了！

看门人在路边略低于舞台的位置藏了起来。

阿尔刻提斯走到舞台中央，举起双臂，低语着。

阿尔刻提斯：

　　阿波罗！一点启示！一个启示！（走出大门，向右朝大路上走去）

看门人：

　　（模仿她，对着观众轻轻地喊着）阿波罗！一点启示！

动物们仍然在叫唤。老奶妈阿格莱亚从宫殿里跑出来。

她四处张望，看见了看门人。

阿格莱亚：

（小声地）公主在哪儿？（看向看门人指的方向）

一整个晚上——一整晚不眠不休，忧伤满怀！

"阿波罗！一点启示！"

看门人：

"阿波罗！一点启示！"

阿尔刻提斯从右侧的门走进来，带着一种神经质的果决情绪。

阿尔刻提斯：

看门人！

看门人：

在，公主？

阿尔刻提斯:

把我的马夫都找来。吩咐他们把马都备好，我要出门。阿格莱亚，把我的女仆都找来，吩咐她们把行李都准备好。

阿格莱亚:

您要出门，公主 —— 在您大婚的日子，要出门?

阿尔刻提斯:

(迅速走下台阶到她面前)阿格莱亚，我别无选择。我必须离开。原谅我。不，恨我吧，蔑视我吧 —— 不过最终，请忘了我。

阿格莱亚:

公主，这是个耻辱，这对阿德墨托斯国王是种侮辱。

阿尔刻提斯：

我都明白，阿格莱亚。阿格莱亚，等我离开之
后，告诉国王 —— 告诉阿德墨托斯 —— 所有的
耻辱我独自承担，我不奢求他可以原谅，让他
蔑视我，然后忘了我吧。

阿格莱亚：

公主，我是个老妇人了，但我不是宫里一个普
通的仆人。我养育了幼年的阿德墨托斯，还有
他的父亲。（对看门人）看门人，请留我们单独
说话。

看门人下场。

阿格莱亚：

您不了解阿德墨托斯国王。希腊众岛之中，您
再找不到比他更好的丈夫了。

阿尔刻提斯：

我知道。

阿格莱亚：

或许有人比他更善战、更进取、更强壮，但不会有人比他更 —— 更受人爱戴了。

阿尔刻提斯：

我都知道，阿格莱亚。我，我也爱阿德墨托斯。所以我也不知道为什么高兴不起来。可是比起他，我更爱另一个。

阿格莱亚：

另一个？另一个男人？比阿德墨托斯更爱？那去吧，公主，快去吧。我们错待您了，您不必待在这里。既然您有眼无珠，麻木无知，什么都看不到。（严厉地）看门人！看门人！您路上所需要的一切都会准备好，公主，快点走吧。

阿尔刻提斯：

> 不，阿格莱亚，不是别的男人。比起阿德墨托
> 斯，我更爱的那一位是，是一位神祇，是阿
> 波罗。

阿格莱亚：

> 阿波罗？

阿尔刻提斯：

> 是的。从我还是个小姑娘起，我就只有一个心
> 愿 —— 在德尔斐，做他的女祭司。(越说越沮
> 丧，突然哭了起来，很激动地)我想过真正的
> 生活。只此一生，奉献所有。—— 不是我们所
> 看到的狂热、骄傲、占有的生活，而是真正的
> 生活，在德尔斐，在真理所在之处。

阿格莱亚：

> 可是，神呼召您了吗？(停顿)神没有差遣过谁

来找您吗?

阿尔刻提斯:

(低声,羞愧地)没有。

阿格莱亚:

所谓真正的 —— 难道成为阿德墨托斯的妻子、孩子们的母亲、塞萨利的王后,就不算真正的生活吗?

阿尔刻提斯:

每个女人都可以做妻子,做母亲,成百上千人做过王后。然后,我的丈夫,我的孩子……生活就开始围绕这五六个人打转,我只会在意与他们相关的琐事……每一天就这样过去了 —— 被塞满 —— 被他们无数的需求塞满,最终带着点爱和尊荣躺进坟墓 —— 仍然和出生时一样无知 ——

阿格莱亚:

无知?

阿尔刻提斯:

对我们为何出生,为何死去 —— 人们为何出生

死去 —— 一无所知,和我们出生时一样无知。

阿格莱亚:

(不带感情地) 所以,您认为在德尔斐可以知

道?但神并没有呼召您啊。

阿尔刻提斯:

(羞愧地) 我送去了奉献,带去了信息,献了

祭……(停顿) 我是父亲最疼爱的女儿,他曾

希望我终身不嫁,一直陪伴他左右。但追求者

们从希腊各个地方涌来,于是父亲提出了一项

不可能完成的任务。他让他们同时拴住一头狮

子和一只野猪,并驾着它们沿伊俄尔科斯城的

城墙绕满三周。人们从希腊各个地方涌来：伊阿宋来了，涅斯托耳来了，宙斯之子赫拉克勒斯也来了，还有阿特柔斯。可所有人都失败了。几个月过去，不断有新的追求者失败甚至丧命于此。父亲和我就坐在城门之上，父亲笑着，我也笑着。不是因为我渴望留在父亲身边，而是因为我所求的那唯一一件事——此生只在德尔斐，做阿波罗的女祭司。

阿格莱亚：

然后阿德墨托斯出现了。他驾驭着狮子和野猪——就像驾驭着温顺的公牛一样绕城而行，并赢得了您，公主。

阿尔刻提斯：

可我更爱阿波罗。

阿格莱亚：

> 是，可正是阿波罗安排了这场婚礼。

阿尔刻提斯：

> 那可说不准。

阿格莱亚：

> 您要求的启示，公主，就在您的面前 —— 最清
> 楚无误的启示。（*激烈地*）您从没有被呼召前往
> 德尔斐，难道您看不出神最简单的指引吗？

阿尔刻提斯掩起了自己的面庞。

阿格莱亚：

> 现在让我告诉您：阿德墨托斯能够驾驭狮子与
> 野猪，难道您不惊讶吗？阿特柔斯失败了，宙
> 斯之子赫拉克勒斯也失败了，他却做到了。我

来告诉您他是怎么做到的：阿波罗曾在梦中教
授他如何同时驾驭一只狮子和一只野猪。

阿尔刻提斯向后退了两步。

阿格莱亚：

起初，他对您一见钟情。他第二次回到伊俄尔
科斯之前——也就是第一次失败后，他病了。
爱情与绝望让他濒临死亡，我一直在身旁照顾
他，有三个晚上他都差点死去。就在第三晚，
我就坐在他身边——在痛苦与谵妄之中——我
听到，我看到阿波罗正在梦中教授他，如何同
时驾驭一只狮子和一只野猪。

阿尔刻提斯盯着她。

阿格莱亚：

这是真的。我发誓这都是真的。

阿尔刻提斯：

是真的，好的。不过我们听说过许多关于谵妄和梦境、发热和幻象的事情。阿格莱亚，我们必须百分百确定。神清晰地公然降临——只会是在德尔斐。

阿格莱亚：

清晰？公然？即便在德尔斐，女预言家们也都处在谵妄之中，她们高声咆哮，魂游象外。谁听到过她们清晰明白地讲话？

阿尔刻提斯：

（拖着犹豫不决的步子朝王宫走去，十分沮丧）我孤独一人，只有一人……

阿格莱亚：

（坚定地，动情地）听我说，公主。回到房间好好睡一觉。（朝天看一眼）还有两个钟头就到正午了。如果休息之后，您的想法还是没有改变，您想去哪里就去哪里，没有人会阻拦。（托起阿尔刻提斯的胳膊，把她领进宫门，像母亲和女儿闲聊一样）您希望神明们清晰坦率地对我们说话，公主？您把他们当作什么了啊，公主？您可不能把他们想象成普通的人啊！

两人都退回宫殿中。舞台上空了一段时间。门外一阵声响愈加吵闹起来，有人在敲右侧的门。看门人绕过宫殿走到舞台中央。

看门人：

好吧，又是什么情况啊？吵吵嚷嚷是怎么回事？（开门，透过缝隙交谈）婚礼的客人们请走宫殿正门。这是后门。什么？能不能不要同时讲话！什么？好吧，好吧，让老人家进来。

忒瑞西阿斯走了进来，他是个瞎子，非常非常老，容易动怒，言辞恶毒，盛气凌人，因为高龄，讲起话像是胡言乱语。他一只手搭在带领着自己的男孩肩上，另一只手则不停挥舞着手中的手杖。镇上的人们都跟着他走进院子，仆人们也从宫门和皇宫四周来到院子里。

忒瑞西阿斯：

> （声音倒是令人惊讶地响亮）这是克里特国王米诺斯的王宫吗？

大家笑起来，男孩拽了拽他的袖子并对他耳语几句。

忒瑞西阿斯：

> 我是说，这是忒拜国王俄狄浦斯的王宫吗？（用手杖敲打男孩）别推搡我！我知道自己在说什么！（躲开男孩的推搡）蜜蜂！胡蜂！大黄蜂！

看门人：

> 老人家。这是塞萨利国王，阿德墨托斯的王宫。

忒瑞西阿斯：

> （*重复着他的话*）塞萨利国王。对，我是这么说
> 的。我就是这个意思。把塞萨利国王阿德墨托
> 斯找来，我有个消息带给他。

看门人：

> 老人家，国王今天要举行婚礼，他此刻正忙着
> 招待客人。您先坐在这里晒晒太阳，我们会给
> 您洗洗脚。稍后国王会来听您的消息。

忒瑞西阿斯：

> （*举着手杖威胁道*）结婚……洗脚……结婚和
> 洗脚跟我有什么关系？我一分钟都不会多等。
> （*跺脚*）把那个什么什么国王给我找来！

> 阿格莱亚从宫中走出来。

阿
尔
刻
提
斯
之
歌

阿格莱亚:

> 老人家，请问您是？我去通报国王。

忒瑞西阿斯:

> 告诉国王，我是德尔斐，忒瑞西阿斯的祭
> 司 —— 我是阿波罗，德尔斐的祭司……孩子，
> 我在说什么？

男孩耳语几句。

忒瑞西阿斯:

> 告诉国王我是忒瑞西阿斯，阿波罗的祭司。我
> 从德尔斐来，带来了一个消息。我今天还要赶
> 回去。

阿格莱亚:

> 你是忒瑞西阿斯？忒瑞西阿斯！

看门人和众人：

> 忒瑞西阿斯！

忒瑞西阿斯：

> （拿手杖敲打地面）去把国王叫来！灾难和瘟疫
> 要来了！去把那个什么什么国王叫来！

阿格莱亚：

> 这边请，伟大的忒瑞西阿斯。

她匆匆走进宫殿，门开了，阿德墨托斯走了出来，更多
的仆人围了过来。

阿德墨托斯：

> 出什么事了？阿格莱亚，这是谁？

阿格莱亚：

> （悄悄地）是从德尔斐来的，忒瑞西阿斯。

阿德墨托斯:

忒瑞西阿斯!

阿格莱亚:

（手指前额）如山峰一样古老，阿德墨托斯
国王。

阿德墨托斯:

欢迎您，欢迎您，尊贵的忒瑞西阿斯，您是我
父亲的老朋友了。欢迎来到费莱。我是塞萨利
国王，阿德墨托斯。

忒瑞西阿斯:

（舞着手杖）后边去，往后站。又挤又乱的……
你，带着耳朵呢吗?

阿德墨托斯:

是的，忒瑞西阿斯。

忒瑞西阿斯：

> 那就把你的耳屎都清理干净，仔细聆听神的
> 教诲。

阿德墨托斯：

> 洗耳恭听，忒瑞西阿斯。

忒瑞西阿斯：

> 迈锡尼国王阿特柔斯，聆听神的教诲——

阿德墨托斯：

> 阿特柔斯？尊贵的忒瑞西阿斯，我是阿德墨托
> 斯，是——

忒瑞西阿斯：

> 阿德墨托斯？哦，那阿德墨托斯，你先住嘴，
> 听我把话说完。我从德尔斐的阿波罗神殿为你
> 带来了一个消息。荣耀，一份至高无上的荣耀

将会降临塞萨利。孩子，这儿是塞萨利吧?（把

手放在男孩的头上，男孩点了点头）一份至高

无上的荣耀，一场危难将会降临塞萨利。

阿德墨托斯:

您说危难? 忒瑞西阿斯?

忒瑞西阿斯:

荣耀，还有危难。危难就是荣耀，傻瓜。不对，

荣耀就是危难。在塞萨利，所有事情不都是要

先告诉你吗?

阿德墨托斯:

稍等片刻，忒瑞西阿斯。给我的消息同样应该

让我未来的王后知悉。阿格莱亚，把公主叫来。

阿格莱亚匆匆走进宫殿。

阿德墨托斯：

> 我要在今天迎娶伊俄尔科斯国王佩利阿斯的女儿阿尔刻提斯，忒瑞西阿斯，您将是最尊贵的客人。请先休息片刻，忒瑞西阿斯……

忒瑞西阿斯：

> 婚礼我天天见，让王后快点。听我说，克里特国王米诺斯……孩子，他叫什么名字来着？

男孩耳语。

忒瑞西阿斯：

> 好吧，这有什么关系？王后来了吗？

阿尔刻提斯从宫中走出来，急匆匆的，并充满好奇。

阿德墨托斯：

> 她来了。

阿尔刻提斯：

> 尊贵的忒瑞西阿斯，伟大的忒瑞西阿斯！我父
> 亲的老朋友。我是阿尔刻提斯，伊俄尔科斯国
> 王佩利阿斯的女儿。

忒瑞西阿斯：

> （挥舞着手杖驱逐着围在他身边的人）后边！往
> 后去！野鹅，野鸭，呱呱乱叫。闭上你们的嘴，
> 安静一会儿。众神与人类之父宙斯命令了……
> 已经命令……孩子，他命令了什么来着？

男孩耳语，忒瑞西阿斯用手杖打了他一下。

忒瑞西阿斯：

> 嗯，你们不必……他命令阿波罗 —— 我的主
> 人 —— 阿波罗从奥林匹斯山下界，在人间生活
> 一年，从这个至点到下个至点，作为一个人类
> 和大家一起生活。我已经把信息带到。孩子，

我们上路吧。(他转身要走)

阿尔刻提斯:

(当男孩还在对忒瑞西阿斯耳语时)阿波罗要在
这地上生活?

忒瑞西阿斯:

(对男孩)是的,是的。我又没聋。阿波罗,我
的主人,他选择了生活在这里。(用手杖敲敲脚
下的土地)在这儿,作为塞萨利国王阿德墨托
斯的仆人。

阿德墨托斯:

在这儿?这儿?尊贵的忒瑞西阿斯?(飞快走到
他身边)稍等一下,忒瑞西阿斯。我该怎么理
解这件事情?神圣的忒瑞西阿斯,您该不是说,
阿波罗要在这儿做我的仆人,每一天?每一天
都和我们生活在一起?

大家都屏气凝神地望着他，忒瑞西阿斯却垂下手臂，像是睡着了一样。突然他醒了过来，说起话来。

忒瑞西阿斯：

> 门外有四个牧人。他们在这一年之中会成为你的仆人。给他们找些活儿干。他们其中之一就是阿波罗。

阿德墨托斯：

> （重复道）其中一个是阿波罗？

忒瑞西阿斯：

> 四个牧人。其中一个是阿波罗。不用去想哪一个是神，我不知道，你也不会知道。也别再问我问题了，我没什么可回答的了。孩子，把牧人们叫来。

男孩走出去，静场。

阿德墨托斯：

忒瑞西阿斯，我们是不是应该掩面下跪？

忒瑞西阿斯：

你没有听到我刚刚说的话吗？阿波罗在这里，是一个普通人类。一个普通人，和普通的牧人一样。像我这样就行了！

男孩回来站到忒瑞西阿斯身边。四个牧人走了进来。他们满身尘土，肮脏且不修边幅，在人群面前显得十分害羞，他们卑躬屈膝地手扶前额，转向墙角站成一排，眼睛也不知该往哪儿看。有两人带着酒囊，每人都有一支手杖。忒瑞西阿斯粗声粗气地对他们说话。

忒瑞西阿斯：

（继续）过来，别磨磨蹭蹭的。给你们的新主人行礼。谁都看得出来你们喝了酒，工作开了个好头啊。（挥舞着手杖）要是我看到了肯定会揍

你们。抬脚，往前走。孩子，四个都在这儿了

吗？嗯，国王成哑巴啦？

阿德墨托斯：

（整理了下情绪）欢迎你们到塞萨利。欢迎你们

来参加宴会，今天是我的婚礼。明天我就会将

羊群和牛群分派给你们。长途跋涉辛苦了。欢

迎你们到塞萨利……忒瑞西阿斯，也欢迎你，

长途跋涉辛苦了。需要沐浴休息一下吗？

忒瑞西阿斯：

我还要继续长途跋涉。我的信息已经带到了。

孩子，带路走吧。

阿尔刻提斯：

（几步走到他面前，低声地）神圣的忒瑞西阿

斯，没有什么消息带给阿尔刻提斯吗？

忒瑞西阿斯：

　　这个女人是谁？

阿尔刻提斯：

　　我是阿尔刻提斯，伊俄尔科斯国王佩利阿斯的
　　女儿。我向德尔斐送去了许多祷告和奉献。

忒瑞西阿斯：

　　祷告和奉献，多得数不清。孩子，带路。

男孩拉住他的袖子，扶着他的肩膀，想要对他耳语几句。

忒瑞西阿斯：

　　哦对，我是有一个消息，要带给一个女孩，或
　　是女人。带给伊俄卡斯忒，还是阿尔刻提斯，
　　或者是得伊阿尼拉，我也记不得是谁了，不过
　　这事儿我还记着。你这孩子，别老拽我！（拿着
　　手杖打男孩几下）废物！放肆！

男孩摔倒在地，忒瑞西阿斯并没有住手。

男孩：

> （喊叫着）忒瑞西阿斯！救命！救命！阿德墨托
> 斯国王！

阿德墨托斯：

> 是啊，忒瑞西阿斯，这孩子也没有——

阿尔刻提斯：

> 只是个小小的错误，忒瑞西阿斯。求你放过他
> 吧，他知道错了。

忒瑞西阿斯：

> （突然停了下来，盯着阿尔刻提斯）我不管你叫
> 什么：伊俄卡斯忒，勒达，赫耳弥俄涅——

阿尔刻提斯：

> 阿尔刻提斯。

忒瑞西阿斯：

> 我是有个消息，要带给某个女孩，但我忘了，
> 要么我已经说过了。嗯，我已经说过了，借着
> 雷声与闪电，借着神圣的祭坛——如果人类学
> 不会聆听，德尔斐要来有什么用？

忒瑞西阿斯跟在男孩后面走了出去，阿德墨托斯跟上几步。

阿德墨托斯：

> 您说，您说会有一场危难是吗，忒瑞西阿斯？

忒瑞西阿斯：

> （马上要走出门外）当然有危难了，呆子。每次
> 他们（指着天空）的来临就是一场危难。

阿德墨托斯：

> 可我父亲说，阿波罗是爱着塞萨利的……

忒瑞西阿斯：

> 是的，爱爱爱。大家还是自个爱自个吧。你看
> 看我，五六百岁了，神很爱我，死都不让我死。
> 如果神不爱人类，我们肯定都很快乐；换个角
> 度同样成立：如果我们不爱神，我们肯定也很
> 快乐。

忒瑞西阿斯带着男孩下场。一个尴尬的停顿。

阿德墨托斯整理了一下情绪，带着实事求是却又威严的
语气对四个牧人开始讲话。

阿德墨托斯：

> 再次欢迎你们来到塞萨利，来到费莱。（对看门
> 人）请确保安顿好他们。（对牧人们）很高兴你
> 们也成为了今天婚礼的客人。

看门人带领四个牧人沿着小路走向泉边，阿德墨托斯和舞台上的人们都好奇地看着。他们走过阿德墨托斯身边时，都像仆人一样怯生生的，到了泉边他们才放松下来，互相传递着酒囊，其中一人渐渐睡着了。阿德墨托斯并没有看向阿尔刻提斯，他对她说话，也是在对自己说。

阿德墨托斯:

> （继续）我也不知道该怎么理解这些事儿……我自己也不过就是个牧人。阿尔刻提斯，费莱很需要你。

他伸出双手背到身后。她，沉思着愣在原地，毫无回应。

阿德墨托斯:

> 我得回去招呼客人了。（再次表达畏惧）我真的不知道，该怎么理解这些事情。（忽然笑了一下）阿尔刻提斯，在塞萨利有一个古老的习俗，直到婚礼当晚，新郎都不能见到新娘的面容。

这个习俗已经流传好几百年了，在伊俄尔科斯

也是这样吗？

阿尔刻提斯：

（低声）是的，阿德墨托斯。

阿德墨托斯：

（活力满满地走过她身边，用手挡着自己的脸）

很快——感谢神的恩赐——我就可以一直望着

你，直到我死去。

走到王宫门口时，他忽然想起了什么。他仍然用手挡着

自己的脸，缓缓地走到四个牧人在泉边所站立的地方。他下

定决心般深深呼吸一口气，平静而直率地说道。

阿德墨托斯：

阿波罗，我父亲、我祖先、我土地的朋友，我

是一个虔诚的普通人，但我对真正的虔诚知晓

不多。如果我不经意间有所冒犯，或是犯了错误，希望这位"祂"，我的家族、我的人民的朋友，能够原谅我。您在我人生最最幸福的一天到来，也请继续赐福于我和我的后裔吧……（停顿）我不太会说话，不过您能看透人心，请鉴察我的心，或者，您可以在我脑中埋下愿望，那些只有您能满足的愿望。

他转过身迅速地走进宫殿。

阿尔刻提斯：

（一直在盯着牧人们看，带着期盼和渴望，又带着怀疑和抗拒——尽管此刻他们已经从她身前躲开了）阿波罗在这儿吗？

阿格莱亚：

公主！

阿尔刻提斯：

就是他们其中之一？那个老头就是德尔斐的
忒瑞西阿斯——那个颤颤巍巍、疯疯癫癫的
老头?

阿格莱亚：

（被惊讶到，坚定地）不要怀疑这些事情，
公主。

阿尔刻提斯：

（朝着牧人们走了几步，突然做了决定）让我和
他们单独待会儿。

　　阿格莱亚对看门人做了个手势，两人下场。在接下来的
谈话中，一个牧人睡着了，还在打鼾，其他几个则在她面前
十分窘迫。他们互相递着酒囊，都不敢抬头看她。

阿尔刻提斯：

> 您在这儿吗？我已经向您呼求成百上千次
> 了——向着天空、群星、太阳。我向德尔斐献
> 上了数不清的祷告。您现在是否，确确实实，
> 听到了我的声音？（静场，突然被鼾声打断）有
> 人说，您不存在。有人说，神明都在很远的地
> 方，他们在奥林匹斯山上欢宴，饮酒，沉睡。
> 我已经把生命献给了您。您知道，我希望只为
> 您而活：去学习——由您来教导——生命的意
> 义。（没有回应）人类是不是无法得到启示、教
> 训？我们是不是已经被抛弃了？（她等待着，场
> 上只有牧人们尴尬的沉默。她转身向王宫走去，
> 痛苦地自言自语）那么我们只能自己寻找出路
> 了⋯⋯生命不过是追寻这些那些过后的虚无，
> 是一种充满激情的空虚⋯⋯

第一个牧人——最脏的，四人中最不起眼的——站了起
来。他谦卑而害羞地摸了摸自己的帽檐，说道。

牧人：

公主，那个老头说我们之中有一个是神？他确
实这么说了？阿波罗？如果这样，夫人，我和
您一样惊讶。夫人，我们四人在过去三十天穿
越整个希腊，用同一个酒囊饮酒，用同一个碟
子吃饭，围着同一个火堆睡觉。如果我们之中
真有一位神明，我怎么会没发现呢？

阿尔刻提斯带着希望和厌恶，朝他走了几步。

牧人：

照我看，夫人，我发誓我们只是普通的牧人罢
了，无知的牧人。但……但是有件事值得一
提，夫人，我们也不是平庸的牧人。怎么说
呢？那边那个家伙 —— 在打鼾的那个家伙，没
有什么疾病是他治不好的，被蛇咬伤或是背部
骨折，不过我知道他不是神，公主。他旁边的
那个家伙，那个！（他走过去踢了那个牧人一

71

脚）你能不能别喝了？公主看着你呢。他从来不会迷路，即使在最黑的夜里，他也能准确分辨东西南北，很神奇。不过我知道他也不是太阳之神。（小声说道）另外，他有些很下流的习惯，很下流。

阿尔刻提斯：

（毫不在意）那个呢？

牧人：

那个？他是我们的歌手。

阿尔刻提斯：

啊！

牧人：

我跟您说，当他弹着竖琴唱起歌时 —— 哦，公主！每当那时我都对自己说"这是神啊"。即便

没有什么值得快乐或忧伤的事情发生，他的音
乐也会让你感到满溢的欢喜和忧愁。他可以使
爱的记忆变得比爱本身更加甜蜜，但是公主，
他不是神。（她早就想反驳他，想要争辩一番）
一个总是一副苦脸，随时要把自己喝死的人怎
么会是神呢？他在慢性自杀，您知道的，在我
们眼皮底下。神明们可不憎恨自己，公主。

阿尔刻提斯：

你呢？

牧人：

我？我是阿波罗？我不但不是阿波罗，我也不
相信阿波罗在这儿。

阿尔刻提斯：

忒瑞西阿斯，忒瑞西阿斯说了……

牧人：

> 那个忒瑞西阿斯 —— 那个路都走不稳还稀里糊涂的老头？还能找到比他更差劲的送信人吗？还能把神谕说得再不清不楚一点吗？

阿尔刻提斯转身向王宫走去。她又转过身来看着牧人，像是在对自己说话。

阿尔刻提斯：

> 这样说来，我们真的很可悲。我们不仅得不到帮助，还傻傻地相信我们可能会得到一些帮助。

牧人：

> （向前走了几步到舞台上）但如果神明们真的存在，他们会如何对我们说话呢？他们会使用哪种语言？和他们比起来，我们不过是病态的、将死的、又聋又瞎还忙得团团转的小丑。为什么有人会觉得神爱我们。您想得通吗？当爱人

们之间隔着如此巨大的鸿沟，公主，这算哪门
子爱啊？（他慢慢走回自己的位置）这种爱不会
快乐，简直不用怀疑。

阿尔刻提斯：

（恳切而尖锐地）不，谁说不会快乐！

牧人：

（带着同样的情绪）是。如果他真让我们看到他
的荣光，那会杀死我们的。（停顿）对于今早发
生的事，我有些想法，或许有别的方法，去填
补这个鸿沟。或许神明们会找到一种方法，让
他们所爱之人变得更好，更接近他们。如果忒
瑞西阿斯说得没错，那阿波罗确实在塞萨利。
也或许，那个老糊涂捎错了信儿，或许信息本
来是，阿波罗在这里，分散在了每一个人身
上——我们四个牧人，还有其他人！比如说阿
德墨托斯，我才见过他几小时，我必须要说，

公主，一开始，我对阿德墨托斯非常失望，他看上去一点也没有什么不凡之处。您见过赫拉克勒斯吧，公主？

阿尔刻提斯：

（轻轻点了点头）见过。

牧人：

（突然回想起来）啊，对。他追求过您。很有个样儿！赫拉克勒斯，宙斯与阿尔克墨涅之子，您一眼就能看出来。我见过不少比阿德墨托斯更强的人，但渐渐地，我发现阿德墨托斯身上有一些别的英雄没有的东西……这个世界在改变，慢慢地改变。除非有不一样的男人、女人们出现，公主，这个世界怎么会变得更好呢？

阿德墨托斯上场，右肩上披着像阿波罗一样的浅蓝色的斗篷，他站在最上面一级台阶观望着。

牧人:

> 这不就是，或许，就是那些伤感的爱人们，（指
> 指天空）在想方设法，在我刚说的鸿沟上面搭
> 建的一座桥梁?（意识到阿德墨托斯的出现，谦
> 卑地低下头，用手触摸着前额，默念着）我们
> 祝您幸福，长长久久。（回到自己的位置上）

太阳渐渐落山，宫殿背后的天空被染上了色彩。

阿德墨托斯:

> （板着脸）阿尔刻提斯公主，阿格莱亚已经告知
> 了我您离开的意愿。您，当然有离开的自由，
> 我们不会强留。塞萨利没有奴隶，公主，它的
> 王后也不会成为奴隶。我已经命令您的马夫和
> 女仆为您打点好旅途上需要的一切。（向下走一
> 步）在您离开之前，我想说一件事，说这些不
> 是为了让您可怜我，也没有劝您回头的打算。
> 我说这些话是因为我们都是成年人了，对心中

所想的事情不必掩藏。(轻微的停顿)能够同时驾驭狮子和野猪，这件事情直到现在都让我觉得不可思议。但为什么能做到这一点，原因我毫不怀疑：我爱您。我今后永远都见不到您了，我永远不会再娶妻，我也永远不会是现在的我。从今天开始，我不得不意识到，这个世界总是有所残缺的。我是一个普通的人，但那充满在我心中的爱，不是普通的爱。如果这样的爱都得不到回应，那生命本身就成了一场谎言。人们只需要随波逐流地生活着，所谓正义、荣誉、爱，不过是短暂的、瞬间的一种妄想。愿您旅途一切平安，阿尔刻提斯公主。

阿尔刻提斯站在那里，慢慢抬起头，但仍不抬眼。她伸出了她的手。

阿尔刻提斯：

阿德墨托斯。(轻微停顿)阿德墨托斯，再向我求一次婚吧。

阿德墨托斯一个箭步向阿尔刻提斯走去，她再次伸出手，让他停下。

让我去爱你所爱，成为你的塞萨利的王后。让我为你生儿育女，即使经历痛苦，让我在盛大的宴会上挽着你走过，让我在你失意时安慰你，让我在你远行归来时准备好沐浴的热水，让我好好照料你的家，阿德墨托斯，像你所期待的一样。让我为你、你的孩子、你的人民而生活——让我每一刻都为你活着，每一刻都可以为你死去。

阿德墨托斯：

（开心地，大声地）不，不，阿尔刻提斯！应该是我……

他拉起她伸出的手，他们并没有拥抱。

阿尔刻提斯，你是否愿意成为塞萨利国王 ——

阿德墨托斯的妻子？

阿尔刻提斯：

我愿交出我的所有，阿德墨托斯……

他们走进宫殿。

第
二
幕

The Alcestiad

同一场景，十二年之后。仍然是黎明第一道光，仍然是同一个看门人绕过宫殿走出来。他并没有敲鼓，轻声而缓慢地说着话，情绪十分低落。

看门人：

> 黎明时分，照例巡查。热情诚挚的阿德墨托斯，塞萨利之王，千金万马的拥有者。（低着头原地站了一会儿，开始对观众说话）事情要多糟糕有多糟糕，非常糟糕。（门半掩着，他走到右边门口，对外面的人们轻声说着）没有，朋友们，没什么新消息。国王还活着，他又撑过了一晚，王后一直守着他，紧紧握着他的手。没有新消息，没什么变化……把那条狗牵走，我们这儿需要安静。对，国王喝了点掺着公牛血的酒，（走回到场中央，对观众说道）但是不得不承认，国王已经处在死亡边缘。你们应该记得那几个牧人，十二年前，忒瑞西阿斯带他们到这儿来，说他们中间有一个人是阿波罗 ——

阿波罗会作为仆人在这儿生活一年，你们还记得吗？

嗯，一年结束之后他们走了吗？没有，他们四个还待在这儿。阿波罗确实是这四人之一？没人知道。别想这些事了，这种事想多了会变成神经病的。不过朋友们，那一年确实很神奇。我没法解释清楚：对于国家繁荣程度来说，那一年和其他年份没太大区别。对于来访的、路过的人来说，一切看起来都是老样子。但对我们这些生活在其中的人来说，一切都不一样了。人类生活的本质从没改变过，是我们看待生活的眼光发生了改变。阿波罗确实就在这里。（停顿）嗯？阿德墨托斯国王怎么生病了？我不是说了吗，那四个牧人留了下来。他们是好人，好工人——虽然他们操着一口希腊南方的乡村口音。其中还有俩人——呃！嗜酒如命。有一天晚上，太阳落山的时候他们就坐在那儿喝酒，

那儿，就在那儿，一边喝一边开始吵架。他们
叫着嚷着，阿德墨托斯国王出来想要制止。结
果，天哪，其中一个牧人拿着刀，一不小心刺
到了国王，从这儿（指着喉咙）一刀划到腰上。
伤口大得能把手伸进去。这已经是几星期前的
事儿了，但伤口还是没见好。伤口发炎然后结
痂，又流水又结痂的，国王看来是难逃此劫了。
没人打算怪罪那个牧人，因为他可能就是阿波
罗啊 —— 你明白吗？这或许就是阿波罗的旨
意 —— 想想看！现在那个牧人就在门外 —— 他
一直在那儿 —— 跪在地上，把脸埋在地上，希
望死的是他自己。

门边有人在嘀咕，声音越来越大，听上去很激动。

看门人：

这又是怎么了？

阿格莱亚急匆匆地从宫殿里出来。

阿格莱亚：

出什么事了？看门人，这么吵闹你也不管管？

看门人：

（一瘸一拐地朝门口走去）我也刚听见。

阿格莱亚：

（站在门边）你们啰唆个不停在说什么？不知道我们这儿需要安静吗？

看门人：

你们讲不讲理啊？你们有没有心肝啊？什么？什么？

阿格莱亚：

什么？什么信使？告诉他去宫殿前门，一定要安静。什么信使？从哪儿来的？

阿尔刻提斯上场，她正从宫殿里走出来。

阿尔刻提斯：

我们这儿要安静，要安静。阿格莱亚，这么吵
闹你也不管管吗？

阿格莱亚：

阿尔刻提斯王后，他们说来了一位信使。

阿尔刻提斯：

什么信使？

有人从门缝递给他一小片长方形的金叶子，他转交给阿
尔刻提斯。

看门人：

> 他们说夜里来了一位信使，留下了这个。

阿尔刻提斯拿在手里看了看，看门人也凑上去仔细看了看，严肃地说道。

看门人：

> 这是金的，夫人。您看，那些标志——是南方的文字。那是太阳——祭坛，还有桂冠……阿尔刻提斯王后，这是从德尔斐送来的，这是从德尔斐送来的神谕！

阿尔刻提斯立刻行起了仪式：她把叶子放到额前，然后放到胸前，然后放到唇边。

阿尔刻提斯：

> 信使在哪里？

看门人走到此刻微微开着的门边，小声与外面的人交谈起来。

看门人：

> （转身对阿尔刻提斯）他们说，他几个小时之前
> 走了。

阿尔刻提斯：

> 谁能看懂这些字？看门人，去把那四个牧人
> 叫来！

看门人：

> 他们就在这儿，夫人，四个人都在这儿了。

门口又传来说话的声音。看门人开门让四个牧人进来。第一幕曾与阿尔刻提斯长谈过的那个牧人俯伏在地上，脸朝着地面，双手抱着自己的头。

阿尔刻提斯：

你们有人认识南方文字吗？

牧人：

（抬起头）我认识，一点，阿尔刻提斯王后。

阿尔刻提斯：

你先起来。站起来。

他站了起来，她把叶子放在他手里，他看了一下，然后把叶子依次放在自己额前、胸前和唇边，敬畏地说道。

牧人：

这是从德尔斐的阿波罗神殿送来的信息。

几个镇上的人从门口挤了进来，牧人艰难地辨认并读出文字。

牧人：

> 平安……与长寿……归于热情诚挚的阿德墨托斯，塞萨利之王，千金万马的拥有者。

阿尔刻提斯：

> 长寿？

牧人：

> 平安与长寿归于热情诚挚的阿德墨托斯。

阿尔刻提斯：

> 等等。（对看门人）把门关起来。

看门人把镇上的人赶下台去，他看了阿尔刻提斯一眼，把其他三个牧人也叫了下去，然后关上门。阿尔刻提斯走到牧人身旁，他正在努力辨认叶子上的字。

牧人：

"阿德墨托斯国王，不，不会，死。"

阿格莱亚：

伟大的阿波罗！伟大的阿波罗！

牧人：

"不会死，如果，如果，因为，不，如果，另一
个，如果另一个人，第二个人，想要，（他指了
指自己的心）希望，渴望，想要去死。"夫人，
我不认识最后一个字。

阿尔刻提斯：

我明白了。

牧人：

（费力地，终于想到）"在他的位置，代替他。"
伟大的阿波罗！

阿格莱亚：

　　这是什么意思？什么意思？

看门人：

　　我。我应该去死。（走开）我的剑，我的剑呢？

阿格莱亚：

　　（明白过来）不。（对看门人坚决地说道）不，这
　　是给我的信息。我是看着他出生的，我也应该
　　为了他去死。我要去投河自尽。

看门人：

　　（回答阿格莱亚）这不是女人该干的事情。

牧人：

　　（跪下，他用双拳捂住自己的眼睛）我早就想要
　　去死了。

阿格莱亚：

> 阿尔刻提斯王后，请吩咐吧，我一定办到。要
> 怎么为阿德墨托斯国王去死？

看门人：

> （自告奋勇，站在阿格莱亚和阿尔刻提斯中间）
> 阿尔刻提斯王后，下命令给我吧。很明显这个
> 信息就是给我的。

牧人：

> （再次全身俯伏在地）是我伤害了他，这是我应
> 得的！

阿尔刻提斯：

> （一直一动不动，沉默着没有说话）你们怎么能
> 替他去死呢？（停顿）你们以为把自己扔进河里
> 就行了吗？一刀刺进心里就行了吗？不，神明
> 们不会让一切来得这么容易。

阿格莱亚：

（啜泣着）阿尔刻提斯王后，要怎么为阿德墨托

斯国王去死？

牧人：

我知道，我知道。（转身向门口走去）平安与长

寿归于阿德墨托斯国王！

阿尔刻提斯：

（对牧人）站住！

大家都看着她，她平静地说道。

阿尔刻提斯：

阿格莱亚，去把我结婚时穿的那条裙子拿出来。

阿格莱亚：

（突然明白过来，盯着她，惊恐地小声说）不，

不，您不能……

阿尔刻提斯：

告诉孩子们我等下过来看他们。告诉国王外面太阳很暖和，他应该出来晒晒太阳。

大家彼此争论起来。

阿格莱亚：

不，不，阿尔刻提斯王后。我们已经老了，我们活得差不多了。

看门人：

夫人，您看看我——我是个老人。

阿格莱亚：

您不能这么做，他也不会同意的。您是王后，您是孩子们的母亲。

阿尔刻提斯:

> (同时用言语和手势制止他们的发言)首先!首
> 先我命令你们,这件事情不许对任何人说起。
> 阿格莱亚,你听到了吗?

阿格莱亚:

> 是的,阿尔刻提斯王后。

阿尔刻提斯:

> 看门人!

看门人:

> 是的,阿尔刻提斯王后。

阿尔刻提斯:

> 直到明天,不能对任何人说。无论这里发生了
> 什么,你们都不许惊讶,不许悲伤。现在让我
> 和他单独待一会儿。(指着牧人)

阿格莱亚走进宫殿，看门人下场。牧人站在那里，一只手放在额前沉思着，突然喊了起来。

牧人：

阿德墨托斯国王 —— 起来吧！起来吧！

阿尔刻提斯：

你救不了他的。

牧人：

我早就想要去死了。

阿尔刻提斯：

是，或许你能做到，但你没法把这件事完全做好。你希望去死，是的，但不是因为你爱阿德墨托斯，只是为了让心中的罪恶感得到解脱。这件事应该是为了爱而做，不是为了赎罪，是为了爱。

牧人：

（有些恼怒）我，也爱着阿德墨托斯。

阿尔刻提斯：

有谁不爱他呢？但你的死太轻微了。你渴望去死，而我，恐惧、害怕、憎恶死亡。我必须为了阿德墨托斯而死，（望着天空）在这日光下。只有这样，他才能够重生。你能为他做到这些吗？

牧人沉默了，她继续自言自语般地说着。

我现在知道了要做什么，该怎么做，但我不明白为什么……为什么是我。你……你能让我明白，为什么我必须死去。

牧人：

我？

阿尔刻提斯：

> 是的，你，你从德尔斐来，阿波罗就在你……

牧人：

> （真诚地回绝）夫人，公主，我告诉过您很多很多次了。就算阿波罗在这儿，也绝对和我没关系。

阿尔刻提斯：

> （温和而轻柔地）是你让我明白了，我的婚姻是阿波罗的旨意。

牧人：

> （有些恼怒）不，不。您当时问了问题，我像其他人一样回答您。您知道，我不过是个普普通通的人。

阿尔刻提斯转过身去，面对宫殿大门，沮丧至极，片刻又转过身来对牧人说话。

阿尔刻提斯：

> 那就再次作为一个普普通通的人回答我的问题，
> 告诉我为什么阿波罗要让我死。

牧人：

> （仍然带着一丝恼怒）那么作为一个普普通通的
> 人，我现在回答您 —— 像其他人一样回答您：
> 德尔斐的旨意说，我们其中一人必须去死，我
> 也做好准备去死了，为什么一定要明白为什
> 么呢？

阿尔刻提斯：

> 如果不明白原因，那我们的生命和动物有什么
> 区别？

牧人：

> 不！公主，明白，意味着您要看到整个事情。
> 我们人类有谁看到过整个故事呢，有谁看到过
> 故事的结局呢？如果您让我为阿德墨托斯去
> 死，我不知道等我死后会发生什么，但是我心
> 甘情愿。因为我一直明白这世上有两种死亡：
> 一种是终局；另一种是延续，因着随之而来的
> 一切而有了分量。我知道，如果这死亡的命运
> 是从德尔斐赐下给我的，那这死就不会是白白
> 的。如果众神真的存在，我想这就是他们的启
> 示：众神所做的一切还未曾揭示 —— 而我们看
> 到的只是那广大之中极小的一部分。让我接受
> 这死亡吧，公主。因为这能够拯救我脱离另外
> 一种死亡，那正是我所恐惧的，也是所有人恐
> 惧的 —— 死，不过是生命的停止，坟墓中的
> 尘埃。

阿尔刻提斯在他的言辞中找到了所有答案。她的情绪有

了变化，轻声而迅速地说道。

阿尔刻提斯：

> 不，牧人，活下去 —— 为了阿德墨托斯，为了
> 我，为了我的孩子们活下去。你是伊皮伊尼兹
> 的朋友呢，虽然因为你伤害了他父亲，他现在
> 恨你，你让他伤心坏了。他一直把你当作好朋
> 友，是你教会了他游泳、钓鱼。在离开之前，
> 我会告诉伊皮伊尼兹，你给了我多么大的恩惠。

牧人默默走了出去，阿尔刻提斯拿起金叶子又行了一次
仪式：额前，胸前，唇边。阿格莱亚从宫殿里走了出来。

阿格莱亚：

> （低着头）裙子已经准备好了，阿尔刻提斯
> 王后。

阿尔刻提斯：

> 阿格莱亚，我现在要做这件事，所以我不能，绝不能去见孩子们。他们的小脑瓜闻起来太美好了。你明白吗？

阿格莱亚：

> 明白，阿尔刻提斯王后。

阿尔刻提斯：

> 你告诉伊皮伊尼兹，就说我说的，让他去见那个刺伤了他父亲的牧人，让他原谅他，并感谢他给予我的恩惠。

阿格莱亚：

> 我会告诉他。

阿尔刻提斯：

> 你帮我剪下一束头发来，不要告诉任何人，把

它放在祭坛上，（指着门）就在路的那边，阿波
罗的丛林里。阿格莱亚，等我走了之后，告诉
阿德墨托斯国王，我希望他再娶一位妻子。

阿格莱亚：

王后啊！

阿尔刻提斯：

一个男人需要这样的安慰。但是，阿格莱亚！
人们都说继母会对前妻留下的孩子非常不好。
你要陪着他们，看好他们。阿格莱亚 —— 要时
不时地，对他提起我。（快要说不下去了）对他
提起我！

阿尔刻提斯跑进宫殿里。阿格莱亚正要跟上去，听到门
口有人在兴高采烈地讨论着什么。一些镇上的人走进了院子，
罗德普，宫里的一个年轻侍女，一边掩饰着欢笑，一边从门
口跑向宫殿大门。

阿格莱亚：

有什么事吗？外面吵吵闹闹是怎么回事，罗德普！

罗德普：

他马上就要到了！

阿格莱亚：

谁？

罗德普和镇上的人们：

赫拉克勒斯来了！他已经从山谷下来了！宙斯之子，赫拉克勒斯！

阿格莱亚：

你们都闭嘴。快从院子里出去。你们难道忘了这个家里有人生病吗？罗德普，快给我进去，闭上你的嘴！

镇上的人们下场。看门人打开宫殿的大门，罗德普刚好溜了进去。看门人身后跟着两个仆人，被他们抬着的卧榻挡着。他对阿格莱亚说话，而她正焦虑地低着头。

看门人：

赫拉克勒斯！大日子！

阿格莱亚：

（讽刺着）是啊，是啊，每年都来。他为什么每年都要来，为什么？

看门人：

这有什么，多尊贵的朋友！

阿格莱亚：

是啊，尊贵的朋友有时候也该为自己的缺席补上点礼物。

看门人：

> 阿格莱亚，你这是怎么回事！

阿格莱亚：

> （暴躁地）我知道怎么回事。

两个仆人从宫殿里出来，抬着一张卧榻和一个脚凳。

看门人：

> （对仆人）过来，放这儿，你们知道的。

看门人转过身去扶阿德墨托斯，阿格莱亚指挥了起来。

阿格莱亚：

> 这儿，放这儿！（照着太阳找到位置）转过来。
>
> （从他们手里拿过垫子）这样，对了。王后喜欢
>
> 坐在这儿。

阿德墨托斯由人搀扶着走了出来，双手分别搭在看门人和一个守卫的肩上。

阿德墨托斯：

> 已经快要正午了。(对看门人说)你已经守了一夜，去休息吧。

看门人：

> 啊，陛下，像我们这些老年人，睡得都很少。轻点，轻一点。

阿德墨托斯：

> 我没看到王后呢，阿格莱亚。

阿格莱亚：

> (忙着整理垫子)陛下，她马上就过来。您放心吧。

阿格莱亚匆忙地走回宫中。

看门人：

> 陛下，等您舒服地坐好了，我有些消息要告诉
> 您。估计您都不敢相信。（斜起眼看看太阳）是
> 的，陛下，今天会非常热。我们已经进入夏至
> 时节了。据海员们说，太阳现在很低，在这些
> 日子，那个祂离我们非常近。他们就是这么
> 说的。

阿德墨托斯：

> 所以是什么消息？

看门人：

> 一位尊贵的朋友，陛下，要来见您。一位，好
> 朋友。

阿德墨托斯:

赫拉克勒斯!

看门人:

是的, 宙斯之子赫拉克勒斯!

阿德墨托斯:

今天! 今天真是个好日子!

看门人:

整个镇上都传开了, 他走得也真是够慢的了。
每到一个村庄, 或者农场, 人们都献上好酒,
给他戴上花环。他呢, 喝得醉醺醺的, 哦, 陛
下, 今天可不能让他拥抱您啊。您知道他那力
气, 还不得把您害死。

阿德墨托斯:

王后知道吗?

看门人：

女仆们应该已经告诉她了。

阿德墨托斯：

他要是换个时间来就好了。

看门人：

赫拉克勒斯想什么时候来就什么时候来。陛下，
小王子们都激动坏了，伊皮伊尼兹肯定又会让
他讲一遍杀死复仇女神的狮子和打扫奥革阿斯
牛棚的故事。

阿德墨托斯：

去把阿格莱亚叫来。

阿格莱亚从宫殿里走出来。

看门人：

　　她来了。

阿格莱亚：

　　陛下，您有什么吩咐？

　　阿格莱亚背着国王打手势让看门人先离开。看门人从左侧下场。

阿德墨托斯：

　　阿格莱亚，来。你听说了吗？

　　看门人刚要下场，很紧张地看了阿格莱亚一眼，听到她的回答后才算放心。

阿格莱亚：

　　听说了，宙斯之子，要来看望我们。

阿德墨托斯：

（淡然地）阿格莱亚，这是我最后的日子了。我知道，我感觉到了。

阿格莱亚：

陛下，这种事情没人会知道的。您还是少说几句吧。您需要保存体力。

阿德墨托斯：

太阳落山之前我就会死去。如果可行的话，我希望你能办到，拖上个一两天，不要让赫拉克勒斯得知我死亡的消息。你就说我们有个仆人死了，就像什么都没发生过一样照常生活。王后会告诉你该怎么做。你知道赫拉克勒斯一直以来的生活，总是担着沉重的工作，一个接一个。他高高兴兴地来，我不想让他看到一片哀伤。尤其是赫拉克勒斯，总是出生入死，他很讨厌葬礼啊哀哭啊这些事情。

阿格莱亚:

> （又整理起垫子）陛下，我不傻，您说的这些我
> 都明白。您好好躺下，闭上眼睛休息，阳光会
> 带给您力量的。

阿德墨托斯:

> 再给我一天的力气就好，好来欢迎赫拉克勒斯。
> 你去看看王后在哪里呢。

阿格莱亚:

> 她来了。

　　阿格莱亚从左侧下场。阿尔刻提斯从宫殿里走出来，她
站在最高一级的台阶上，穿着第一幕的那条裙子。阿德墨托
斯回头看到她，没有说话。

阿德墨托斯:

> 这是咱们结婚时你穿的衣服！

阿尔刻提斯微笑着，手指放在唇边示意他不要说话，并走到他身边，轻声说着。

阿尔刻提斯：

妻子们都留着它等着葬礼的时候穿，我穿上它是为了好好活着。

阿德墨托斯：

亲爱的，坐这儿来。我刚还跟阿格莱亚说……

阿尔刻提斯坐在阿德墨托斯身边的凳子上，把手放在他的手边。

阿尔刻提斯：

是的，我知道，等赫拉克勒斯来了……

阿德墨托斯：

他马上就到了。

阿尔刻提斯：

> 一定是在路上耽搁了，只有危险的时候他才跑得飞快，说不定他要今晚才能到，或者要等明天了。不过我们不着急。（起身走到舞台中央，站在那里倾听着）我听到山谷里传来的欢呼声了。（走回到凳子旁边，重复着）我们不着急。（站在舞台中央，望着太阳仿佛要寻求帮助）这样的阳光能够治愈人，夏至日的阳光，你感觉到了吗？

阿德墨托斯：

> 这阳光能治愈人，但只能治愈别人。我已经不需要这些了，不再需要什么希望。我的一生很短暂，但短短一个钟头也足以成为完美的时光。我得到过了，最完美的时光。一个拥有过幸福的人，就不会成为时间的囚徒。来，在最后这一天，让我们把还没说完的话都好好说完。

阿尔刻提斯：

（走回他身边，温柔地微笑着）最后这一天？你
还是好好休息，留着点力气吧。听我说就好了。
我来把我们两个的话都说了。我不知道是谁给
我起过一个别名：沉默的阿尔刻提斯。我想应
该是你，不过是赫拉克勒斯告诉了全希腊的人。

阿德墨托斯：

你从前一直是沉默不语的吗？

阿尔刻提斯：

我？不是的，我还是个小女孩的时候，哈，我
可是个很喜欢争论和反驳别人的姑娘，这你是
知道的。有的时候我也会受够了自己的沉默，
无聊而沉默的阿尔刻提斯！有些时候，我也想
像其他的女人那样，心里想到什么就随口说什
么。其他的妻子们通常会怎么说？我想她们大
概都会这样说：阿德墨托斯，我有没有告诉过

你——让我再好好看着你的眼睛——我有没有
告诉过你，我爱你胜过我的生命?

她正向他靠过去，一阵疼痛突然击中了她。她站了起来，
有些晕眩，用右手扶着自己的头，左手则抚着阿德墨托斯的
伤口。阿德墨托斯并没有注意到，他闭上眼睛，一边笑一边
小声念叨着。

阿德墨托斯：

这话听着可不像，不，听着不像我的沉默的阿
尔刻提斯啊。现在轮到替我说话了，该说什
么呢?

阿尔刻提斯：

(疼痛减轻了一些，她静静地说)我会说，我，
阿德墨托斯，无法选择自己的出生和死亡。生
命是神明所赐的礼物，一份神奇的礼物，而赐
下生命的神明，也会赐予阿尔刻提斯，或是我

死亡。

阿德墨托斯:

（有点惊奇）你的死亡,阿尔刻提斯?

阿尔刻提斯:

难道不是同一种力量吗,赐予生命的也……你
哪里不舒服吗,阿德墨托斯?

阿德墨托斯:

（很惊讶地把手放到一边）没有,我不知道为什
么,不过我的疼痛好像……

阿尔刻提斯:

举起手试试!

他缓缓地举起那只不能动弹的左手,痛苦转移到了阿尔
刻提斯的身上,她抓着衣服,痛苦地弯下了腰。

阿德墨托斯：

> 这光芒！(他盯着自己的前方，有了希望) 不，
> 我不该想这些事情了。我已经不需要这些了，
> 我们已经品尝了生命的富足，我们已经不是时
> 间的囚徒了。

　　剧烈的疼痛过去了，阿尔刻提斯小心翼翼地动弹一下，又坐了下来，脸贴脸地对阿德墨托斯说话。

阿尔刻提斯：

> 是啊，我们，有过那么多快乐。

阿德墨托斯：

> (突然抓住了她的手，激动地) 你之前讨厌我！

阿尔刻提斯：

> (把手抽出来) 没有，从来没有。

阿德墨托斯：

有个年轻人，一而再地去参加那场狮子与野猪的比赛……他又来了 —— 那个塞萨利的大傻瓜。

两人都笑了起来。

阿尔刻提斯：

啊，人生多奇妙啊！

阿德墨托斯：

你不讨厌我吗，当我驾着那两只该死的野兽绕过城墙的时候？

阿尔刻提斯：

不，我当时更受煎熬啊。因为我已经爱上了那个塞萨利来的，一脸严肃的年轻人。你是唯一一个两次来参加比试的追求者。连赫拉克勒斯都放弃了，当时，我不知道我的人生将会怎样。

阿德墨托斯：

（骄傲地，激动地）我，我知道。

阿尔刻提斯：

亲爱的阿德墨托斯……你知道，你娶了一个自私又倔强的女孩。

阿尔刻提斯做了个手势示意他不要再说下去。

阿德墨托斯：

（更加热烈）我们的爱！我们之间的爱！我们在夜晚说的那些悄悄话！伊皮伊尼兹出生的时候，我差点就失去你了。阿尔刻提斯！这所有的一切，人生啊……我真想一直这样活下去，和你一起，在你身边。

阿尔刻提斯：

　　嘘！这些话我们人类可不能大声说出来。

阿德墨托斯：

　　（试着让双脚落地）我不知道怎么了……我的膝
盖竟然没有在发抖了。（充满着喜悦的希望）阿
尔刻提斯！也许，也许我真的会活下去！

阿尔刻提斯：

　　（带着同样的喜悦，望着天空）无论是死，是
生，我们都被眷顾着，指引着，懂得着。哦，
阿德墨托斯，静静地躺在那里吧，静静地。

阿德墨托斯：

　　我简直不敢……相信，不敢去奢望……

阿尔刻提斯：

　　（疼痛再次袭击了她，她向宫殿走去）阿德墨托

斯，如果德尔斐有人送来消息给我，说要让我
为了我的孩子，或是塞萨利，或是 —— 我的丈
夫而死，我不会犹豫。

阿德墨托斯：

不，不，没有人希望别人为自己而死。每一个
人都要承受他自己的死亡。

阿尔刻提斯：

（掩藏着自己的疼痛）你说的是什么话呀，阿德
墨托斯！想想那些战士们 —— 成千上万的战士
们 —— 都是为他人而死的啊。我们这些女人，
这些可怜又怯懦的战士，许许多多也都为了自
己的丈夫和孩子们而死去。

她跟跟跄跄地走向宫殿大门。

阿德墨托斯：

> 如果是神明们决意让妻子为了丈夫去死，我会很看不起他们的。(*起身，惊讶地呼喊着*)你看！那光芒！

阿尔刻提斯：

> 阿格莱亚！阿格莱亚！

阿德墨托斯：

> (*起身跑向她*)阿尔刻提斯，你看起来不太对劲！阿格莱亚！阿格莱亚！

阿格莱亚从官门出来跑向她。

阿尔刻提斯：

> 把我扶到床上去。

阿德墨托斯：

你生病了，你是不是病了，阿尔刻提斯？

阿尔刻提斯：

（转过脸）我把我的生命给你。要快乐，要快乐。

她晕倒在他们的臂弯，大家把她抬进了宫殿。右边门口传来人群的欢呼声，断断续续的歌声，接着就是赫拉克勒斯洪亮的嗓音。

赫拉克勒斯：

我的好哥们儿阿德墨 —— 托斯在哪里？

居民：

赫拉克勒斯来啦！赫拉克勒斯来啦！

赫拉克勒斯:

> 阿尔刻——提斯! 圣洁的阿尔刻——提斯在哪
> 里? 沉默的阿尔刻提斯! 热情诚——挚的阿德
> 墨托斯!

看门人走了进来。

居民:

> 赫拉克勒斯来啦! 赫拉克勒斯!

看门人:

> 神明保佑! 现在可怎么办?

镇上的人不断从小门涌进来,一边还叫喊着:"宙斯之子
赫拉克勒斯万岁!" 赫拉克勒斯上场——醉醺醺的,兴高采
烈的,头上戴着花环,手里拿着酒壶。两个村民大笑着,抬
着赫拉克勒斯沉甸甸的大棍子。

赫拉克勒斯：

> 阿尔刻提斯，伊俄尔科斯最美的女儿！阿德墨
> 托斯，我最最亲爱的朋友！他们都在哪儿！

居民：

> 赫拉克勒斯，猛兽的毁灭者！赫拉克勒斯，人
> 类的好朋友！赫拉克勒斯万岁！

看门人：

> 伟大的赫拉克勒斯，对于您的到来，费莱致以
> 一千次的欢迎！

赫拉克勒斯：

> 我的好朋友伊皮伊尼兹在哪里，勇敢的猎手，
> 能干的渔夫？伊皮伊尼兹，我要跟你比试摔跤。
> 我以神的雷电起誓，这次可不会再让你摔我一
> 大跤了！

看门人：

> 他们马上就过来，赫拉克勒斯。他们全都高兴坏了。

宫殿里传来一阵哀号和哭喊。

赫拉克勒斯：

> 我听到有哭声。老人家，他们在哭什么？

看门人：

> 您说哭声，赫拉克勒斯！那是妇人和姑娘们在为了您的到来欢呼尖叫呢。

阿格莱亚从宫殿里匆匆走出来。

阿格莱亚：

> 神圣的赫拉克勒斯，向您致以一千次的欢迎。国王和王后马上就来，他们太……太开心了，

您知道的。哦，宙斯之子，见到您是多么荣幸啊。

赫拉克勒斯：

（大声地）我不是什么宙斯之子！

阿格莱亚：

（捂上耳朵）赫拉克勒斯，您在乱说什么呀？

赫拉克勒斯：

我是安菲特律翁和阿尔克墨涅的儿子。我是一个普通人，阿格莱亚。我做起事情来和别人一样费力。

阿格莱亚：

哦，愿众神不要降灾给这个家！您居然说出这么坏的话来，赫拉克勒斯，您一定是喝醉了。

赫拉克勒斯：

> 我告诉你，我只是一个人，一个普通的人。

阿格莱亚：

> 神也好，人也好，赫拉克勒斯，让我瞧瞧，您怎么脏成这样了！这还是我们全希腊最帅的男人吗？凭着不朽的众神起誓，我都快认不出您来了！现在听好了，您还记得阿格莱亚总是为您准备的热水澡吗？他们会把您这"普通人"的样子给洗掉的。我为您准备了精油，还记得那些精油吗？

赫拉克勒斯：

> （自信地）首先，阿格莱亚，首先！

他做了一个喝酒的姿势。

阿格莱亚:

> 您还没忘了我们的好酒，是不是？马上就
> 准备!

赫拉克勒斯:

> (突然吼了起来) 我在来的路上听说阿德墨托斯
> 被人刺伤了。谁伤害的他，阿格莱亚?

阿格莱亚:

> 哦，这事儿已经过去了，赫拉克勒斯。他已经
> 好起来了，跟你我一样。

　　罗德普和另一个姑娘从宫里走出来，扛着酒罐，拿着几
个杯子。

> 过来，坐这儿，好好放松一下。

　　赫拉克勒斯想抓住其中一个女孩，女孩躲开了。他转而

去追另一个，一把抓住了她。

赫拉克勒斯：

> 你叫什么名字，我的小心肝？

阿格莱亚：

> （生气地）赫拉克勒斯！

女孩跑掉，赫拉克勒斯追上去，跌了一跤，摔倒在地上。

赫拉克勒斯：

> 哦！我受伤了！真他妈的混账！我的膝盖！我
> 的膝盖！

阿格莱亚：

> 赫拉克勒斯！我可一点都不同情您。您忘了这
> 是哪儿了吗？不朽的天神啊，阿尔刻提斯王后
> 要是看到您这副模样，该怎么想您啊！

赫拉克勒斯：

（慢慢起身，坐下）我都走了二十天了。他们
人呢？我的朋友们，阿德墨托斯和阿尔刻提
斯呢？

阿格莱亚：

（严肃地）好了，赫拉克勒斯，您是这个家的老
朋友了，是不是？

赫拉克勒斯：

当然是了！

阿格莱亚：

我们有什么就可以说什么，对不对？感谢神明，
我们不需要像对其他客人一样对您掩藏什么。

赫拉克勒斯：

我就是他们俩的兄长！哥哥！

阿格莱亚：

> 我要跟您说的是，这个家里有一位夫人，一个
> 孤儿……这个家有位夫人……

赫拉克勒斯：

> 怎么了？死了？

阿格莱亚：

> （手指放在唇间）您也知道国王和王后对我们这
> 些仆人非常好……

赫拉克勒斯：

> 死了？一个孤儿？

阿格莱亚：

> 是的，她没有双亲。好了，他们应该很快就到
> 了，等您沐浴过后。但是现在，此刻，您知道，
> 他们像朋友一样，充满怜悯地陪着那个可怜的

姑娘。这些事情您都很明白的，对吗？

赫拉克勒斯：

不，不，阿格莱亚，很多事情我都不明白。但谁又全都明白呢？（停顿）阿尔刻提斯明白，对不对，阿格莱亚？

阿格莱亚：

是的，是的，赫拉克勒斯。

赫拉克勒斯：

那我也对你实话实说吧，阿格莱亚。我来这儿——走了二十天来这儿——是要问阿尔刻提斯一个问题。

阿格莱亚：

一个问题，赫拉克勒斯？

赫拉克勒斯两次指了指天空暗示自己的问题。

阿格莱亚:

> 关于，众神?

他点点头，阿格莱亚回过神来，干脆地说。

阿格莱亚:

> 好吧，不过您还是要先去沐浴。洗完澡之后，
> 您看起来会像个十七岁的小伙子。我还要给您
> 一顶漂亮的花环，还有香水!

赫拉克勒斯起身，跟在她身后登上宫殿的台阶。

赫拉克勒斯:

> 我洗澡的时候，你再给我讲讲阿波罗到塞萨利
> 的事情吧?

阿格莱亚：

好的，没问题，我再给您讲一遍。

赫拉克勒斯：

（突然打断了她）一直没人搞清楚哪个是阿
波罗？

阿格莱亚摇摇头。

一整年时间，没人搞清楚哪个是阿波罗，包括
阿尔刻提斯？

她又摇了摇头，赫拉克勒斯拍拍自己的脑门。

阿格莱亚，谁能搞明白他们？我们估计永远搞
不明白。我每次一想起他们啊，我就开始发抖，
头晕。

阿格莱亚：

> 赫拉克勒斯！您太累了，跟我来……

阿德墨托斯走了进来，赫拉克勒斯和阿格莱亚准备上台阶时，他正好站在最上面一级台阶上。

阿德墨托斯：

> （大声地）欢迎你，赫拉克勒斯，人类的朋友。
> 赫拉克勒斯，人类的大恩人！

赫拉克勒斯：

> 阿德墨托斯！我的老朋友！

阿德墨托斯把双手放在赫拉克勒斯的肩上，他们互相盯着对方的眼睛看了好一阵子。

阿德墨托斯：

> 你从哪里来的，赫拉克勒斯？

赫拉克勒斯：

> 从劳苦重担中来，阿德墨托斯……从劳苦重
> 担中。

阿格莱亚：

> 阿德墨托斯国王，赫拉克勒斯正准备去沐浴。
> 您可以等他待会儿出来了再聊。（看看天空）天
> 色马上就晚了。

阿德墨托斯：

> 不行，我们先要一起喝上一碗！过来，坐下，
> 赫拉克勒斯。我病了一段时间，这个又呆又傻
> 的沙发，我之前总是坐在这儿晒太阳。现在跟
> 我说说，你最近在干什么大事。

阿格莱亚和女孩们都回到宫里。

赫拉克勒斯:

（急切地，睁大了眼睛）阿德墨托斯，阿德墨托斯——我杀了九头蛇。

阿德墨托斯:

（站起身，十分惊讶）非凡的赫拉克勒斯！你杀了九头蛇！凭着不朽的神明起誓，赫拉克勒斯，你真是人类的好朋友。你杀了九头蛇！九头蛇啊！

赫拉克勒斯:

（指了指自己，让阿德墨托斯靠得更近）阿德墨托斯！（又指了指自己）很不容易！

阿德墨托斯:

我简直不敢相信！

赫拉克勒斯：

（盯着他的脸，简直有些苦涩）很不容易。（忽然变得十分恳切）阿德墨托斯，我是宙斯之子吗？

阿德墨托斯：

赫拉克勒斯！所有人都知道，你是宙斯和阿尔克墨涅的儿子。

赫拉克勒斯：

有一个人能告诉我答案。我来这儿就是要问阿尔刻提斯这件事。阿尔刻提斯在哪儿？真正的女王在哪儿？

阿德墨托斯：

阿格莱亚不是跟你说了吗！

赫拉克勒斯:

哦，对。那个死去的孤儿是谁？是这个家最初
的那批人吗？

阿德墨托斯:

她称自己为仆人中的仆人。

赫拉克勒斯:

你们都很喜欢她是吗？

阿德墨托斯:

是的，我们都很爱她。

赫拉克勒斯:

你瞧，阿德墨托斯，人人都说我是宙斯之子，
所以我办起事情来应该比别人容易很多。如果
我拥有跟他一样的血液、心脏、肺腑（指着天
空），事情不就应该很容易吗？但是啊，阿德

墨托斯，很不容易。九头蛇！(用手臂把阿德墨
托斯环起来，模仿着九头蛇做出恐怖的表情)
我当时快要炸开了，鲜血跟泉水一样从我耳朵
里喷出来。如果我只是一个人——安菲特律翁
和阿尔克墨涅的儿子——那么，阿德墨托斯，
(用力戳了戳阿德墨托斯的脸)我肯定是个非常
了不起的凡人！

阿德墨托斯：

神也好，人也好，赫拉克勒斯——是神也好，
人也好，所有人都会敬重你，感激你。

赫拉克勒斯：

但是，我想弄明白。有时候我觉得我就是宙斯
之子，但有时候我又……又是一只野兽。阿德
墨托斯，我觉得自己野蛮而残暴。每个月，信
使们从希腊各地送来消息，请我去干这个干那
个。我什么都不干了，在我解决这件事情之前，

145

我什么事都不会再干了。就这几天，我已经预见到了，有人会来找我，请我去……去下面的世界，去冥界。阿德墨托斯，去把一个已死的人带回来。（站起来，带着惊恐拒绝道）不！不行！这事我不会干！神也好，人也好，谁都别指望我干这事！

阿德墨托斯：

（被震惊了）不，赫拉克勒斯——这事没人干过，也没人想过。

赫拉克勒斯：

我每次到这儿来都会看到它——冥界的入口——我非常害怕，阿德墨托斯。

阿德墨托斯：

你不要再想这些事情了！

赫拉克勒斯：

就算是宙斯之子也做不到这件事，对吗？所以，

你明白问题是什么吗？这难道不是个很要命的

问题吗？谁能回答呢？在这种你我都很无知的

问题上谁最有智慧呢？你知道是谁，就是那个

总是沉默，少言寡语的人。沉默，她总是沉默

着，对吗？

阿德墨托斯：

是的，她很沉默。

赫拉克勒斯：

但她会跟我说话的……会跟她的老朋友赫拉克

勒斯说话吧？她也会为我说话的，对吗？（灌一

大口酒）你知道吗，阿德墨托斯，你了解你的

阿尔刻提斯是什么样的吗？

阿德墨托斯痛苦地站了起来，又坐下。

赫拉克勒斯：

> 不，你不知道。我去过很多地方，也追求过很多人。希腊的这些王后啊，公主啊，我见过太多了。我们认识的这些大人物的女儿，我们追求过的姑娘都长大了。忒拜的俄狄浦斯有个女儿，安提戈涅。还有佩涅洛佩，不久前嫁给了伊萨卡的拉厄耳忒斯的儿子。斯巴达的勒达有两个女儿，海伦和克吕泰涅斯特拉。我见过她们每个人，也和她们都聊过天。可是在阿尔刻提斯面前她们算什么呢？尘土，垃圾。

阿格莱亚从宫殿里出来，手里拿着藤蔓编织的花环。看门人跟在后面，端着一罐精油。他们站在旁边聆听着。赫拉克勒斯起身，醉醺醺的要发狂，他转向阿德墨托斯，大喊着。

赫拉克勒斯：

> 你了解吗？你了解她的全部吗？

阿德墨托斯：

（痛苦地抬起手臂）我了解，赫拉克勒斯。

赫拉克勒斯：

你了解她的全部吗？她宽恕、原谅的能力？不，
你什么都不知道。阿尔刻提斯才是希腊的珍宝，
女人中的珍宝。

阿德墨托斯：

（往后退了三步）赫拉克勒斯！阿尔刻提斯死
了。（停顿）仆人中的仆人。原谅我，赫拉克
勒斯！

赫拉克勒斯：

（沉默了一阵。一股巨大的愤怒从心中升起，极
其痛苦地说）阿德墨托斯……你算什么朋友。
凭着不朽的天神起誓，你是我最恨的敌人！

他一把扼住阿德墨托斯的咽喉，拖着丝毫没有抵抗的阿德墨托斯向后退了几步。

你要不是阿德墨托斯的话，我现在就杀了你！

阿格莱亚和看门人：

赫拉克勒斯，赫拉克勒斯！是阿尔刻提斯王后要求这么做的！她让我们晚一些再告诉您！

赫拉克勒斯：

你们就没把我当朋友！我还以为我们是兄弟！

阿格莱亚：

（一直用拳头敲打赫拉克勒斯的后背）赫拉克勒斯！赫拉克勒斯！

赫拉克勒斯：

阿尔刻提斯死了，你们觉得用不着告诉我！你们还让我在这儿吹牛，喝酒，瞎胡闹！

阿格莱亚：

是她吩咐的，赫拉克勒斯。阿尔刻提斯下令我
们这么做。

赫拉克勒斯：

（沉思着，推着阿德墨托斯向后走了好几步）你
们觉得我没有脑子，没有心肝，没有灵魂吗？
我连为朋友分担悲伤的资格都没有，就算有全
世界的感谢和赞美有什么用？

停顿。

阿格莱亚：

只是为了看起来热情一些，赫拉克勒斯。她希
望如此！

赫拉克勒斯:

客人才需要热情，真正的兄弟不需要。

阿德墨托斯:

（安静地）请原谅我们，赫拉克勒斯。

赫拉克勒斯:

（放开阿德墨托斯）阿尔刻提斯死了。阿尔刻提斯已经在另一个世界了。（突然想到了什么，大声地）她在冥界！我的棍子呢？我的棍子！我要去把她救出来！

阿格莱亚:

赫拉克勒斯！

阿德墨托斯:

不，赫拉克勒斯。你得活着！她是代替我死的，她是为我而死的。不能再有人为此送命了。

赫拉克勒斯:

> 我的棍子！我的棍子！阿德墨托斯，现在我要
> 告诉你一件事 —— 我从没告诉过任何人。现
> 在，大家都应该知道。(向前走到小路的高处)
> 我曾经差点强暴了阿尔刻提斯，极其粗野。是
> 的，我，赫拉克勒斯，宙斯之子，做了那样的
> 事情！但是有一位神明 —— 某位神明 —— 及时
> 介入进来，救了她也救了我。阿尔刻提斯原谅
> 了我。这怎么可能？有谁能理解呢？她没有对
> 任何人提起过这件事。我再次来到费莱时，在
> 她的表情中、眼神里看不到任何我曾经犯过罪
> 的痕迹。只有神明才能够理解，只有那样的微
> 笑可以解释。宽恕不是我们这些凡人能够做到
> 的。只有坚强的、圣洁的人才有能力宽恕。我
> 甚至希望她不要忘记那个邪恶的瞬间，不要。
> 因为能被她想起是我的幸福，因为她想起我时，
> 就已经宽恕了我。

阿德墨托斯：

> 赫拉克勒斯，我和你一起去！

赫拉克勒斯：

> 留下来好好治理国家，阿德墨托斯。你的工作
> 我做不了，我的你也做不了。我能指望哪个神
> 明呢？肯定不会是我父亲 —— 有和没有一个
> 样。你们在这儿都是崇拜哪一位神明？

阿格莱亚：

> 你忘了吗，赫拉克勒斯。这是阿波罗的领地啊。

赫拉克勒斯：

> 是，我想起来了。我和他没怎么打过交道，不
> 过……（望着天空）阿波罗，我是赫拉克勒斯，
> 传说中宙斯和阿尔克墨涅的儿子。整个希腊都
> 知道您一直爱着这两位 —— 阿德墨托斯和阿尔
> 刻提斯。您知道我打算做什么，您也知道我一

阿尔刻提斯之歌

个人做不到。请赐予我从未有过的力量吧，请您来完成，或者说，您和我一起完成这件事。如果我们能做到的话，人们就会拥有全新的认识，他们会看到神明和人类合作起来可以做到什么。

阿德墨托斯：

请等一下，赫拉克勒斯。（沿着小道走下来）佩索！佩索！这是赫拉克勒斯，这是阿尔刻提斯和我，还有伊皮伊尼兹最亲爱的朋友。请让他从这里通过，佩索——从这里去而复返。

赫拉克勒斯：

回宫殿里去吧，阿德墨托斯，你们都回去吧。我必须独自做工，如同必须独自生活。

场上一片黑暗，角色们纷纷退场，除了阿德墨托斯还站在宫殿门口，用斗篷挡着脸。低沉的鼓声响起，像是远方传来的雷声。声渐响，鼓点急切且跳跃。赫拉克勒斯从洞穴的入口处消失，片刻后他再次出现，领着阿尔刻提斯。她的全身覆着深色的纱巾，在身后拖了很长。快要登上舞台时，赫拉克勒斯松开了手。她晃晃悠悠地摸索着向前走，像是在梦游。赫拉克勒斯夹起自己的棍子，独自一人离开。阿德墨托斯像是要避开眼前的强光一样用斗篷遮住自己。他慢慢靠近，揭开阿尔刻提斯的面纱。她把头靠在他的胸前，他将她带回宫殿。

第
三
幕

●

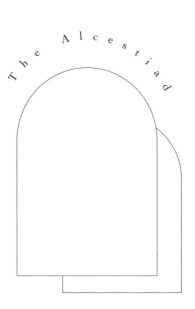

十二年之后。仍是黎明第一道光。阿尔刻提斯从舞台左侧上场。她已经老了，身形衰败，穿着破旧的衣服。她提着一个水罐，走到泉边去打水。路上传来一阵人群的吵闹。

居民：

> （站在宫殿的门外）阿吉斯国王，帮帮我们吧！
> 救救我们吧！我们需要国王的帮助……我们要
> 和国王谈谈！

一名新来的年轻看门人匆匆忙忙走了进来，看起来很惊慌。他也提着羊皮灯笼和一只鼓，脸上满是灰尘。他把门开了一条小缝，透过门缝和外面的人说话。

看门人：

> 你们知道命令，敢踏进这门一步，就是死罪。

居民：

> （从门里挤进来，把看门人甩在身后）让他杀

了我们吧！我们已经活不成了！国王得想想办法啊！

看门人：

（*害怕地望向宫殿*）国王已经在尽他全力了。国王说了，瘟疫和灾难是众神降下的，只有众神才能让它们停止。他还说了，你们要把死人火化掉，只要他们一死就要尽快火化。用尘土蒙起你们的脸，用尘土和灰烬铺满你们的全身，国王说了，这样瘟疫就不会找上你们，会绕开你们。

居民：

这些我们之前都听过了。我们要见阿尔刻提斯王后。阿尔刻提斯王后，她能帮助我们！阿尔刻提斯王后！

看门人：

> （愤怒地）你们说什么，什么阿尔刻提斯王后？
> 这儿没有阿尔刻提斯王后。她是这儿的奴隶，
> 是最卑贱的奴隶。

阿尔刻提斯从小路走上来，肩上扛着水罐。她站在那里听大家说话。看门人看到了她。

看门人：

> 她来了！（充满攻击性情绪）看看她！就是她把
> 瘟疫招来的。她就是瘟疫。就是她给塞萨利招
> 来了诅咒！

居民：

> （先是一阵惊讶的沉默，随即爆发出反对的喊
> 声）不，不是这样！不是阿尔刻提斯王后！他
> 刚说什么？她怎么会招来瘟疫？

阿尔刻提斯：

（慢慢地转过头看着他）我，招来瘟疫？是我招来的瘟疫？

看门人：

她死过一次，不是吗？赫拉克勒斯把她从死亡的世界带回来，不是吗？她把死亡一起带回来了。和她有关系的人都难逃一死，她丈夫被杀了，两个孩子被杀了。有个儿子跑得远远的，十几年了没有任何消息。国王很快也会把她处死或者流放的。

阿尔刻提斯：

不，塞萨利的灾难和我无关。你们可以自己评判，如果真是因为我给塞萨利带来了这些不幸，那就让他们杀了我，平息这些降在你们和后代身上的灾祸。

阿尔刻提斯向舞台左侧走去，进入仆人们的院子。一束光渐渐照亮了站在屋顶上的阿波罗。

居民：

> 不！她才不会给塞萨利带来灾难！她是智慧的阿尔刻提斯！

看门人：

> （在反对的声音浪潮中高喊着）回你们的家去吧！你们都要死了！（对着站在前面的人说话）你们知道什么？一群无知的农民！一边儿去，你们！我已经警告过你们了，别怪阿吉斯国王不客气！

镇上的人一边纷纷议论着，一边下场。看门人从左侧下场，一边走，一边摇着鼓。

看门人：

> 黎明时分，照例巡查。塞萨利之王阿吉斯，千
> 金万马的拥有者。宫中万事顺遂。

死神从洞穴中钻出来，慢慢爬到小路上，在门边四处
嗅着。

阿波罗：

> 死神！

死神：

> （没有注意到阿波罗，假装不在意）啊，你又
> 来了！

阿波罗：

> 天越来越亮了，你在发抖呢。

死神：

> 是，是，不过我有几个问题想问你。阿波罗大
> 人，我不明白，你干这些事有什么目的，死了
> 这么多人！我的地盘上现在都挤成一团，排起
> 好长的队啦！而且，我之前从没见过这么多孩
> 子！必须得承认，阿波罗大人，我不知道你这
> 是要干什么，你可是治愈的神啊，是生命与治
> 愈的神。结果你来了，带来的却是瘟疫和灾难。
> 你宠爱阿德墨托斯，爱他的家人，他的百姓，
> 然后，你把他们都杀了。

阿波罗：

> （微笑）我爱着阿尔刻提斯，但我杀了她——
> 一次。

死神：

> 多没风度啊，看看你干的事！

阿波罗：

你的那堵墙修好了吗？就是赫拉克勒斯撞坏的
那堵墙？

死神：

撞坏？赫拉克勒斯？是你弄坏的。是你打破了
最古老的规矩和这世界的规律：生是生，死
是死。

阿波罗：

嗯 —— 有一道微弱的光芒，照进了从未照耀到
的地方。

死神：

你坏了规矩，现在得来承担后果了。现在你的
这些幸福和引以为傲的智慧都不顶用了，因为
你还是没法让他们认识到你的存在。然后呢，
你就像一个被抛弃的情人一样，跑到爱人家里，

把所有人都杀光。

阿波罗：

我已经让他们认识到我了。我已经开启了我的
故事。

死神：

你的所谓教训。

阿波罗：

对，我的教训 —— 那些愿意为他人失去生命
的，我将使他们重新获得生命。

死神：

可你只带回来了一个，却把千千万万个送给
了我。

167

阿波罗：

是的，必须让毁灭随之而来，只有这样，他们才会记住这个故事。在那些能被永远记住的故事里，死亡总是重头戏。

死神：

（发抖）那道光芒！光芒！我对这些瘟疫什么的不感兴趣。我只想等一个人类，她不会再从我手里溜走了。

阿波罗：

阿尔刻提斯？你永远别想得到她。

死神：

她是个人！

阿波罗：

是的。

死神：

> 她是，一个，人！

阿波罗：

> 人，只是个人。

死神：

> 你想干什么？你休想再把她从我这儿偷走一次。

阿波罗：

> 死神，太阳升起来了。你在发抖呢。

死神：

> 是，你告诉我答案，我马上就走。

阿波罗：

> 你要学会慢慢适应变化。

死神：

我？

阿波罗：

有一道光已经照进你的王国了。

死神：

（迅速地回到他的洞中，尖叫着）不会再有这种事儿，不会。不会再有光进来，不会，不会有什么变化！

死神消失，阿波罗身上的光也褪去。二十一岁的伊皮伊尼兹和同样二十一岁的切瑞安德从宫殿里走出来。他们用斗篷遮住自己的鼻子，可以看到身上佩带着短剑。切瑞安德走在前面，带着好奇和畏惧四处看着，伊皮伊尼兹跟在他身后，闷闷不乐。

切瑞安德：

> 这就是阿德墨托斯和阿尔刻提斯的宫殿啊！
> 阿波罗也在这儿待过对吧？他以前站在哪
> 里？——这儿，还是这儿？

伊皮伊尼兹点头，一直低着头很少抬眼。

切瑞安德：

> 赫拉克勒斯把你母亲从死神那儿带了回来，那
> 是在哪儿？

伊皮伊尼兹指了指洞穴，切瑞安德快步跑过去。

切瑞安德：

> 我竟然亲眼看到了这些！你看，伊皮伊尼兹！
> 你的老朋友佩索还在看着门呢。快跟他打个招
> 呼，我们喝一点泉水。这儿的泉水应该还没被
> 污染吧。

伊皮伊尼兹：

佩索，你还记得我吗？他都不动弹。

切瑞安德：

你做一个祷告仪式，然后我们就可以喝了。

伊皮伊尼兹：

"生命之源 —— 大地，空气……"不，切瑞安德，我做不到。以前，父亲和母亲每天早上都会带我们到这儿来，这个祷告我曾经做过上百次。可是怎么会这样呢？神明就这样抛下我们不管了？我的父亲被杀了，弟弟妹妹也被杀了，而我在一个深夜被流放，只能长久与陌生人为伍，我母亲成了奴隶，或许早已经死了。我的国家在遭受瘟疫，阳光下到处都是死尸。我还要向谁祷告？

切瑞安德：

（沉默着做了决定）我们这就离开费莱。现在就从这扇门出去。关于我们计划的事情，我想你还没准备好，我也不会帮你了。

伊皮伊尼兹：

只要不做这些祷告和仪式，我会做到答应自己的事。为了正义和复仇，一剑刺下去！往他的喉咙刺上一剑。是的，还要给他的女儿一剑，劳德米娅也跑不了。

切瑞安德：

伊皮伊尼兹，我不会帮你的。我们可不是这么计划的。要杀人还是要送死你随便，但我大老远跑到这儿可不是为了加入你的野蛮屠杀的。

伊皮伊尼兹：

你想让我祷告？可我对着谁祷告？对着阿波

173

罗？对着这个带着仇恨摧毁了整个家的阿
波罗？

切瑞安德俯下身，把双手放在伊皮伊尼兹的肩上晃着他
的肩膀，严肃而有些愤怒。

切瑞安德：

> 你以为你是第一个遭遇苦难的人吗？残暴，不
> 公，谋杀，羞辱，你以为这些事情只有在这儿
> 才会发生吗？你难道忘了吗，我们来这儿是为
> 了建立公义？是你自己说的，人类仅凭自身绝
> 不可能达到公平与正义，这是众神想要我们做
> 到的事情。

他们坚定地互相望了望。

伊皮伊尼兹：

> （安静地低着头）有你这样的朋友真是太难

得了。

    阿尔刻提斯从左侧上场，肩上扛着水罐。

切瑞安德：

    你做好祷告的准备了吗?

    伊皮伊尼兹庄重地重复着仪式，不过一直没有出声。两人喝水，切瑞安德沿着小路走上去，十分兴奋。

切瑞安德：

    我准备去敲门了。(看见阿尔刻提斯，匆忙走回泉边，对伊皮伊尼兹说道)这儿有个老妇人，我们可以问问看有什么消息。

    阿尔刻提斯沿着小路走了几步，看到这两人后开始往回走。切瑞安德迎着她走上去。

切瑞安德：

　　　　老婆婆，这是塞萨利国王阿吉斯的王宫吗？

　　阿尔刻提斯的目光望向大门，切瑞安德回到伊皮伊尼兹
身旁。

　　　　看上去是个奴隶。也许，是你的母亲也说不定。

伊皮伊尼兹：

　　　　（快步沿着小路走上去，凑上去看了看阿尔刻提
　　　　斯，直截了当说道）不是。

切瑞安德：

　　　　你确定吗？

伊皮伊尼兹：

　　　　（爽快地）确定，肯定。

切瑞安德：

老婆婆，跟我说说，这宫里有人染上瘟疫而死吗？（她摇摇头）阿吉斯国王和他的家人住在这里，他有个小女儿劳德米娅，对吗？（她点点头）再跟我说说，他的这些守卫，是从色雷斯带来的，还是本国人？（没有回答）

伊皮伊尼兹：

说不定她是个聋子，或者是个哑巴。（大声地）他经常回自己的国家，回色雷斯吗？

阿尔刻提斯：

你们在这儿很危险，你们必须离开，马上离开这儿。

伊皮伊尼兹：

哦，她能说话。老婆婆，跟我说说，阿德墨托斯国王和阿尔刻提斯王后在这里的时候，你在吗?

阿尔刻提斯:

你们是谁?你们从哪儿来的?

伊皮伊尼兹:

你认识他们吗?你和他们说过话吗?(她点点头)阿德墨托斯国王死了?(她点点头)阿尔刻提斯王后还活着吗?(没有回应)她还在宫里?

阿尔刻提斯的目光再次望向宫门,伊皮伊尼兹很不耐烦。

伊皮伊尼兹:

凭着不朽的神明起誓,你既然会说话,快说呀!

阿尔刻提斯:

你们必须马上离开。不过你告诉我,告诉我,你是谁?

切瑞安德:

（盯着阿尔刻提斯看了看，急切地拍着伊皮伊尼兹的胳膊）你再看看，仔细看看。你确定吗?

伊皮伊尼兹:

确定! 这些山区的女人都长一个样。她们都是这么少言寡语，神秘兮兮的。

阿尔刻提斯:

你们是怎么从那个门进来的? 阿吉斯国王要是知道了，一定会杀了你们。

切瑞安德:

不会的，我们来给阿吉斯国王送个信，他听到应该会很高兴。

阿尔刻提斯:

（不停地摇头）年轻人，没什么好消息能救你们的命。快走吧，快点上路朝北走。

伊皮伊尼兹:

我们带来的这个消息会让国王好好款待我们的。我们到这儿来是要告诉他，他的敌人，他最大的敌人死了。

切瑞安德:

不用现在说这个。

伊皮伊尼兹:

让他提心吊胆的那个人死了。

阿尔刻提斯摇着头，从他身边走过，沿着小路往下。

伊皮伊尼兹:

> 我们到这儿来是要告诉他，伊皮伊尼兹，阿德
> 墨托斯国王和阿尔刻提斯王后的儿子，已经死
> 了。他听了一定会非常非常高兴的。

阿尔刻提斯在泉边突然停下来，她抬起头，把手放在心口，水罐滑落在一旁。

切瑞安德:

> （走到她身边拿过她的水罐）老婆婆，我来帮你
> 拿吧。

阿尔刻提斯:

> （突然说道）你就是伊皮伊尼兹！

切瑞安德:

> （笑了一下）不是我，老婆婆。伊皮伊尼兹已经
> 死了。

阿尔刻提斯：

你有证据吗？

切瑞安德：

证据，有。

他往罐子里装满水，沿着路往回走。

阿尔刻提斯：

我们一直以为有一天，他会悄悄地，或是假扮成另一个人回来。我的眼睛已经不行了。（渴望地）你是伊皮伊尼兹！

切瑞安德：

不是，老婆婆，我不是。

阿尔刻提斯：

你认识他，你和他说过话？

切瑞安德:

> 是的，我们常常一起聊天。我帮你把这个送到
> 哪里?

阿尔刻提斯:

> (站在小路的最上方，盯着伊皮伊尼兹的脸看)
> 让我看看。(接着又盯着切瑞安德的脸)不要对
> 一个老人撒谎。他什么消息都没留下?

伊皮伊尼兹:

> 什么都没有。

阿尔刻提斯:

> 什么都没有?

伊皮伊尼兹:

> 只有这个，你看到这条腰带了吗? 这是伊皮伊
> 尼兹出生前，阿尔刻提斯王后为阿德墨托斯国

王织的。

阿尔刻提斯:

（看了一眼，突然哭了起来）把这条腰带给你的
年轻人，他是什么模样？

伊皮伊尼兹:

（极力掩饰着自己的不耐烦，像是对一个聋子说
话一样）老人家，阿尔刻提斯王后在这儿吗？
您就回答一下，在，还是不在。真让人受不了。
您能去叫一下阿尔刻提斯王后吗，能不能？

阿尔刻提斯:

我就是阿尔刻提斯。

切瑞安德:

（先是惊讶地沉默了一下，随即单膝跪地，望着
她的脸）您……您是阿尔刻提斯？

伊皮伊尼兹：

（愣在原地，一拳打在额头上）我简直没有脸面说出我的名字。（他也单膝跪地）我是伊皮伊尼兹。

阿尔刻提斯：

好，好啊。（目光从宫殿转了回来）但现在太危险了……太危险了……

伊皮伊尼兹：

请……原谅我。

阿尔刻提斯：

（拍了拍他的头）你真是个又急躁又自我的年轻人，就像我以前，是个又急躁又自我的姑娘。你应该多继承你父亲一些。

伊皮伊尼兹:

您的不幸……

阿尔刻提斯:

(打断他)不，不，伊皮伊尼兹，不要说什么不幸。

伊皮伊尼兹:

这些悲剧……

阿尔刻提斯:

不！当你遇到不幸的时候，要学会理解它。这世上只有一种悲剧，那就是无知，对我们生命的无知。那才是悲剧，和绝望。

切瑞安德:

(起身，询问道)无知？

阿尔刻提斯：

我曾经非常非常幸福，是的……难道我现在就忘了吗？忘了赐予我幸福的那一位吗？正是曾经给予我幸福的那一位，给予了我现在这一切。我相信这些不幸也有其益处，这只是故事的一部分，而我并没有看到所有……你们现在必须马上离开。

伊皮伊尼兹：

(起身) 我们来这儿是要杀了阿吉斯国王，重新夺回王位。

阿尔刻提斯：

(一边摇头一边小声说着) 不，不。

伊皮伊尼兹：

我们已经制订了万无一失的计划。就在今晚……

阿尔刻提斯：

不。不要这样，伊皮伊尼兹。这场灾难，这场瘟疫已经够了。阿吉斯国王现在只关心一件事，只担心一件事，他不在乎自己，只在乎他的孩子，劳德米娅。神明会用他自己的方式解决这件事的。

切瑞安德：

我们就照她说的办。伊皮伊尼兹，咱们现在就走。

阿尔刻提斯：

十天之后，再回来。到北方去，用斗篷遮住你的脸，到北方去。

切瑞安德：

把斗篷拿上，伊皮伊尼兹。

伊皮伊尼兹走到泉水边。

阿尔刻提斯：

> 年轻人，你的家乡在哪里？

切瑞安德：

> 埃维亚岛，就在德尔菲斯山下。

阿尔刻提斯：

> 你的母亲还在世吗？

切瑞安德：

> 是的，阿尔刻提斯王后。

阿尔刻提斯：

> 她知道我的名字？

切瑞安德:

> 全希腊每一个孩子都知道您的名字!

阿尔刻提斯:

> 告诉她……阿尔刻提斯谢谢她。

伊皮伊尼兹站在她身旁,她轻轻地摸了摸他。

阿尔刻提斯:

> 记住,我并没有活得不幸。曾经我十分悲伤和
> 绝望,但我得到了拯救。(指路)从那片树林穿
> 过去,沿着河走。

舞台上传来镇上居民们的声音,越来越多的人从门口闯
进来,他们站在舞台边上叫喊着。看门人和守卫们从宫殿里
出来,充满戒备。

阿尔刻提斯示意两个年轻人藏在泉水旁边。守卫们挥舞
着长矛逼居民们后退。

居民:

> 水！我们要宫殿里的泉水！我们的水已经被污
>
> 染了。阿吉斯国王，帮帮我们！

守卫:

> 往后退！都往后退，出去，所有人都出去！

阿吉斯国王从宫殿里走了出来，他穿着粗俗而华丽的衣
服，年龄大概四十岁，浓密的黑色头发贴满了窄窄的前额。
他的脸上也蒙着灰尘。

阿吉斯:

> 这些人是怎么进到院子里来的?

居民:

> 阿吉斯国王，帮帮我们！

阿吉斯：

永远都是"帮帮我们"！我已经尽了全力了。你们谁让这些人进来的？

守卫：

（困惑地）陛下，他们把大门撞坏了，我们拦不住啊。

阿吉斯：

一群废物！你们忘了自己的任务吗？你们根本就是害怕靠近他们，这才是问题。（对居民们说话）都往后站！（对其中一名守卫）他们说水怎么了？

守卫一：

陛下，他们说，镇上的水已经被污染了，想从宫殿的泉眼里打水。

阿吉斯：

知道了，你们可以从这儿打水。（捏起长袍的一角遮住鼻子，指着一个爬到了自己脚边的人）你，往后退！费莱的百姓们，我有事情要告诉大家。我以为自己已经倾尽全力，然而我今天意识到，有一件事，我还没做。那个阿尔刻提斯在哪里？

看门人：

陛下，她就在这儿。

阿吉斯：

（转过身，轻蔑地看着她，慢慢说道）所以……你就是……带来这些邪恶力量的人！费莱的百姓们，今天是个大日子，因为我们终于找到这场灾难的终极原因。如果可以证明是这个女人把灾祸带来的，我们就用石头把她打死，或者把她从这个国家永远流放。（对阿尔刻提斯说）

女人，你曾经死了，被埋葬，又活了过来，是不是？

阿尔刻提斯：

是。

阿吉斯：

你和你的丈夫都相信赫拉克勒斯是在阿波罗的帮助下完成的，所以这是阿波罗的旨意，是不是？

阿尔刻提斯：

我们相信，这是真的。

阿吉斯：

你和你的丈夫都相信阿波罗出于对你和塞萨利的爱，曾经在这儿生活过一年，是不是？

阿尔刻提斯：

> 我们相信，这是真的。

阿吉斯：

> 那么，阿波罗的爱呢？费莱的百姓们，你们知
> 道，这是阿波罗的领地。如果阿波罗的确曾经
> 宠爱过这个女人和她的家人，如今岂不是可以
> 清楚看到，这爱已经变为仇恨？

人群沉默了。

> 是不是？

人群中有一些反对的议论。

> 你们说什么？你们搞不清楚？你们这群傻子！
> 你们难道忘了这场正在肆虐的瘟疫了吗？看
> 门人！

看门人：

陛下？

阿吉斯：

在宫殿彻底闭锁之前，你看到过这场灾难的情形吗？它是怎样袭击我们的？

看门人：

是的陛下，我看到了。

阿吉斯：

说说看！

看门人：

陛下，不只是一种 —— 有三种疾病。第一种是突然来临的，就好像……

一名守卫从宫殿里出来，走到阿吉斯国王面前。

阿吉斯:

(恼怒地)好吧，怎么了？又怎么了？

守卫二:

陛下，您的女儿一直在拍打着门。她说她想出
来。她说她想和您待在一起。她一直在不停地
拍打着门。

阿吉斯:

(在女儿的事情上显出他的温柔，急切地)告诉
她我马上就来陪她，现在还有些事要处理。告
诉她忍耐一下，我马上就来了。

守卫二:

是，陛下。

他转身向宫门走去。

阿吉斯：

等等！（心碎地）告诉她忍耐一下。我等下会带

她去花园里走走。

守卫二：

是，陛下。

护卫下场。

阿吉斯：

（对看门人）三种？你说有三种疾病？

看门人：

第一种是突然来临的，就像闪电一样，陛下。

阿吉斯：

（颤抖着转向阿尔刻提斯）就是你干的，你这个

老妇人！

阿尔刻提斯：

> 不！不！

看门人：

> （手放在自己的胃部）感觉就像火烧一样。就是
> 这种病袭击了所有年轻人和孩子们。

阿吉斯：

> （出离愤怒）孩子！你这个蠢货！除了在这儿散
> 播各种关于疾病的预兆，你就没有别的事可做
> 了吗？我真该把你的舌头割下来！离开吧，你
> 们这些不朽的神明。不要看这些预兆，不要
> 听什么预兆。（对看门人）我不想再听了。（绝
> 望而沮丧地朝着宫殿走去）噢，走开吧，你们
> 这些人！谁才能拯救我们脱离这些可怕的夜
> 晚……这些困境……这些邪恶的力量？

他无助地摇头，突然反应过来，指着阿尔刻提斯。

你说！是因为神圣的阿波罗憎恨你，因为你他才把这诅咒带到塞萨利来的！

阿尔刻提斯静静地看着他，没有说话。

难道不是这样吗？你说啊！

阿尔刻提斯：

（不紧不慢）阿吉斯国王，阿波罗来到这里的时候，他的祭司忒瑞西阿斯曾说过，伟大的荣耀总是伴随着巨大的危难。

阿吉斯：

危难？

阿尔刻提斯：

你此刻正在经历。这片土地仍然是温暖的 ——炙热的 —— 因为神的足迹。（像是在对自己说

话，像是梦呓）很长一段时间，我一直没能明

白。然而孤独和奴役让我渐渐清醒起来。阿吉

斯国王，在这儿，行事要小心。

阿吉斯：

（仰起脸，对她的警告毫不在意）回答我的

问题。

阿尔刻提斯：

阿吉斯国王，神明和你我不同，不过有时我们

会和他们有几分相像。神明们不会爱过我们，

又恨恶起他们先前所爱的。就像你不会今天爱

着劳德米娅，明天却把她丢到大街上一样。

阿吉斯：

（愤怒地）不许你提起她的名字，你，你这个带

来死亡与毁灭的人！（他向宫殿走去）

阿尔刻提斯：

> 我们向神明祈求健康，财富，自己的幸福。但
> 神明想要给予我们一些其他的东西，一些更好
> 的东西 —— 对生命的理解。我们总是太快地拒
> 绝他们的赐予……不，不！阿波罗从没有放弃
> 过我……费莱的百姓，阿德墨托斯国王可曾待
> 你们有何不公？

居民：

> 没有，阿尔刻提斯王后！

阿尔刻提斯：

> 我呢？

居民：

> 没有，阿尔刻提斯王后！

阿尔刻提斯:

你们觉得神明是为了惩罚我们的罪恶才降下这些灾难吗?

居民:

不! 不!

阿尔刻提斯:

就算赫拉克勒斯从死神那里带回来了什么, 你们觉得没有神明全权的准许, 他能做到吗?

居民:

不能, 不能!

阿吉斯:

那么, 为什么会有这场瘟疫呢?

阿尔刻提斯：

> 神明降下灾难……是让我们注意……让我们停
> 下来，睁开自己的眼睛……

阿吉斯：

> 让我们注意什么，阿尔刻提斯？

阿尔刻提斯：

> （抬起头，像是在倾听）我不知道，注意某种
> 启示。

场上陷入片刻静待的状态，突然间站在路高处的守卫看
到了两个年轻人，大喊道。

守卫一：

> 陛下，这儿有两个陌生人！

阿吉斯：

（走上前去，保持一个安全距离）你们是怎么进

来的？守卫！把他们围起来！

守卫们围了过去。

放下武器！

伊皮伊尼兹：

阿吉斯国王，没门！

阿吉斯：

你们被围在那个洞里，还能怎么样？放下你们

的剑！

阿尔刻提斯不住地摇头，嘴里默念着："阿吉斯国王，阿

吉斯国王……"

阿吉斯：

    （对阿尔刻提斯说）是你把他们放进来的。你们都没有往脸上蒙上灰尘。（对守卫）杀了他们！杀了他们！

两个守卫怯生生地往下走。

    懦夫！叛徒！照我说的去做！

舞台上一名守卫突然疫病发作，他扔掉手中的长矛，喊了起来。

守卫三：

    阿吉斯国王！水！是瘟疫！我觉得自己烧起来了！救救我！帮帮我！我在燃烧！

他断断续续地呕吐着。

阿吉斯：

（向后退，人群都向后退着）把他拖出去！用你
们的矛赶他走！

守卫三：

（身体剧烈地左右摇晃，一边呕吐一边喊着）
水！水！我要死了！

阿吉斯：

（用手挡住自己的脸）把他拖到路上去。

一阵骚动。生病的守卫努力向门口爬去，其余的守卫和
镇上的居民们都转过脸去，或是拿着长矛或是用脚踢，想把
他快点赶走。生病的守卫将大家的注意力从伊皮伊尼兹和切
瑞安德身上转移开了，场上一度只能听见大家喊叫的声音。

阿吉斯：

（尖叫着）带上我的武器！我的马匹！回色雷斯

去！回色雷斯去！（对阿尔刻提斯）热情好客的塞萨利我还给你，阿尔刻提斯王后！你自己统治你的这些死人吧！

伊皮伊尼兹:

快，切瑞安德！

他们冲上舞台。

切瑞安德:

给他一剑，伊皮伊尼兹！

伊皮伊尼兹:

阿吉斯，我是阿德墨托斯之子，伊皮伊尼兹！

阿吉斯:

你是谁？这是怎么了？守卫！

阿尔刻提斯摇着头，站在阿吉斯国王身前，伸出手阻止
伊皮伊尼兹。

阿尔刻提斯：

> 不，伊皮伊尼兹！不要！

伊皮伊尼兹：

> （对阿尔刻提斯的态度十分愤怒）母亲！我们的
> 机会来了啊。是他杀了我的父亲！

阿尔刻提斯：

> 不要这样做！

阿吉斯：

> 守卫！（狂躁地左右踱步）一群懦夫！守卫！

切瑞安德：

> 伊皮伊尼兹，照你母亲说的做。

阿尔刻提斯：

（背对着阿吉斯和他说话）对的，阿吉斯国王，
回你自己的国家去吧。

阿吉斯：

这是你儿子吗？阿尔刻提斯，回答我，是你儿
子吗？

眼见复仇计划受挫，伊皮伊尼兹愤怒又沮丧，他跪在地
上，一直在用刀柄敲打地面。

伊皮伊尼兹：

我要报仇！报仇！

阿尔刻提斯：

伊皮伊尼兹，记得你父亲说过的话：举刀杀人，
伤的是自己。

伊皮伊尼兹：

> （前额贴着地面哭泣）他杀了我的父亲……我的
>
> 弟弟……妹妹……

守卫二从宫殿里跑了出来。

守卫二：

> 阿吉斯国王！您的女儿，劳德米娅公主！她一
>
> 直在敲门在喊您，非常痛苦。阿吉斯国王，她
>
> 非常痛苦！

阿吉斯：

> （举起双臂）神明们，停手吧！劳德米娅！劳德
>
> 米娅！停手吧，你们这些不朽的众神！（阿吉斯
>
> 跑进宫殿）

阿尔刻提斯站在伊皮伊尼兹身边，把手放在他的肩膀上。

阿尔刻提斯：

> 一个人一旦从复仇中得到快乐，他就不会再有其他快乐了，这是你父亲说过的话。（转向居民们，冷静地）朋友们，回家去，拿上你们的篮子和水罐，然后到南边大门外的硫矿那里去。伊皮伊尼兹，你还记得小时候常常去玩的那片矿区吗？那儿有很多工人们制铁时用的硫黄……取一些拿到路上去烧，然后撒到死者们的身上。（对守卫们）你们去帮着一起干吧，这儿已经没有什么事了。伊皮伊尼兹，站起来。你来带领他们。

伊皮伊尼兹：

> （起身）是的，母亲。（带着平静的威严，对守卫和镇上的居民）大家跟我来。

他们准备离开，切瑞安德返回来，轻柔地，带着敬畏追问道。

切瑞安德:

> 阿尔刻提斯王后……您说的那个启示，阿波罗
> 神给我们的启示。阿吉斯国王的这个决定，就
> 是那个启示吗?

阿尔刻提斯:

> (抬起头倾听着) 不……启示还没有显明呢。

切瑞安德:

> (带着年轻人的一腔热忱) 您就是那个启示啊!
> 您就是神明的信息和启示，阿尔刻提斯王后!

阿尔刻提斯:

> (近乎麻木，摇着头，轻声地) 不，不……

　　切瑞安德跟在伊皮伊尼兹身后走了出去，阿吉斯国王从
宫殿里出来，痛苦地哭号着。

阿吉斯：

她死了！劳德米娅死了！才十二岁就死了……

他用拳头捶着柱子和墙，向下走几步又返回。

才十二岁。她搂着我的脖子，痛得要命："父亲，帮帮我，父亲，帮帮我啊！"她的头发，她那么像她的母亲。她的眼睛，她的眼睛。(看见阿尔刻提斯)你！是你造成的这一切！都是你干的！

阿尔刻提斯：

(在阿吉斯说话的间隙一直在小声说着，像是在恳求)阿吉斯……阿吉斯……阿吉斯……

阿吉斯：

(抓住她的手放在自己的额前和胸前)让我也染上瘟疫吧，让它把我们都杀了吧。"父亲，帮

帮我！"她是我的一切啊。现在她死了，死了，

死了！

阿尔刻提斯：

阿吉斯……阿吉斯……

阿吉斯：

你，赫拉克勒斯曾把你从死神那儿带回来，你

有办法。（突然想到了什么）赫拉克勒斯把你带

回来了。在哪里？是这里吗？（跌跌撞撞地沿

着路走下去）在那儿是不是？（匆忙地走下去）

告诉我，阿尔刻提斯，赫拉克勒斯是怎么做到

的？在下面都发生了什么？

阿尔刻提斯沉默地摇摇头。

阿吉斯：

告诉我他是怎么做到的，我也可以。劳德米娅，

我要来救你。阿尔刻提斯，你回答我！

阿尔刻提斯：

阿吉斯，我那时候什么也没看到，没听到。

阿吉斯：

你说谎！

阿尔刻提斯：

阿吉斯，你听我说，我有话对你说。

阿吉斯：

你说啊！说啊！

阿尔刻提斯：

"父亲，帮帮我！"

阿吉斯：

　　不要嘲弄我了。

阿尔刻提斯：

　　我不是在嘲弄。阿吉斯国王，劳德米娅说这些
是什么意思？

阿吉斯：

　　她觉得很疼，疼得要命！

阿尔刻提斯：

　　是，但这不是全部。她还想要表达什么？

阿吉斯：

　　还有什么？

阿尔刻提斯：

　　阿吉斯国王，死亡本身的痛苦，只是痛苦的一

部分，并非全部。死亡带给人最大的痛苦不是分离，尽管这也会让人非常非常悲伤。我死过，一次。阿吉斯国王，死亡带给人最大的痛苦是什么？

阿吉斯：

告诉我！

阿尔刻提斯：

是发现自己从未活过的绝望，是发现生命毫无意义的绝望。生命没有任何意义，快乐也好，不快乐也好，都成了空白。"父亲，帮帮我！"

阿吉斯：

她曾经多么爱我，阿尔刻提斯。

阿尔刻提斯：

是的。

阿吉斯：

她曾经多么爱我。

阿尔刻提斯：

是的，但爱不是全部。

阿吉斯：

是。对她，对我来说都是的。我不会听你的。

阿尔刻提斯：

爱不是全部的意义。它是一个启示，让我们明
白一切是有意义的。它只是一个启示，让我们
明白一切是有意义的。劳德米娅感到很绝望，
希望你能帮助她。这就是死亡 —— 死就是绝
望。除非你赋予它意义，否则她的生命不过是
空白与空虚。

阿吉斯：

　　　　我能赋予它什么意义？

阿尔刻提斯：

　　　　（平静地）你真是一个粗俗、残忍、无知的人。
　　　　（短暂的静场）是你杀了"我的"劳德米娅。三
　　　　次。无情地。你自己都不知道多少次杀死了她。

阿吉斯：

　　　　不！

阿尔刻提斯：

　　　　你什么都不明白。回你自己的国家去吧。在那
　　　　儿，只有在那儿，你还可以为劳德米娅做些
　　　　事情。

　　阿吉斯沿着小路走上来，走过阿尔刻提斯身边，径直走
向宫殿大门。

阿尔刻提斯:

> 阿吉斯国王，所有的死者……（她指着地下世界的入口）那里成千上万的死者，在等着我们向他们表明，他们不是白白地、无益地死去。

阿吉斯:

> 我能赋予劳德米娅的生命什么意义呢?

阿尔刻提斯:

> 从今天开始，你会慢慢明白的。

阿吉斯:

> （他的头抵着官殿的门）不。

阿尔刻提斯:

> 我也是慢慢才明白的。即使是我。你会明白的，阿吉斯国王……从劳德米娅遭受的痛苦之中，你会明白的。

被彻底击垮的阿吉斯走进宫殿。他慢慢退场后，灯光渐渐照在阿波罗身上，他从宫殿里走出，慢慢走下来。他穿着斗篷，兜帽被取了下来落在肩上，露出头顶的花环。他先是站在门边同阿尔刻提斯说话，随后慢慢跟在她身后走着。场上只剩阿尔刻提斯一人，她闭着眼睛朝左边走了几步。她的头一直低着，像是背负着重担，她的身体缩成一团，像是已经很老了。她转向右边，慢慢向通往大路的门边走去，半睁着她的眼睛。

阿波罗：

> 再走几步，阿尔刻提斯。穿过这道门……穿过那条路……走到我的林子里去。

阿尔刻提斯：

> 太远了……太高了……

阿波罗：

> 再走一步。这不是在上山，你不需要抬脚。

阿尔刻提斯：

太远了。我在这儿找个坟墓就好了。

阿波罗：

阿尔刻提斯，你不会去到坟墓里的。

阿尔刻提斯：

哦，不，我只想找到我的坟墓。

阿波罗：

坟墓意味着终结，可你的生命不会这样终结。

在许许多多人里面，你是第一个无须面对终结

的人。再走一步，阿尔刻提斯。

阿尔刻提斯：

我会有子孙吗？后代的后代？

阿波罗：

多得数不清。

阿尔刻提斯：

好……我忘了，他叫什么名字？

阿波罗：

阿德墨托斯。

阿尔刻提斯：

对，还有我想侍奉的，明亮如光的那一位？

阿波罗：

阿波罗。

阿尔刻提斯：

对……（走到门边）许许多多的日子……都被

眷顾着……（抬起头，闭上眼睛）这些幸福，我该感谢谁呢？

阿波罗：

朋友不会问彼此这样的问题。

她走了出去。

阿波罗提高了自己的嗓音，像是要保证她在墙外仍然能听到自己的声音。

那些真正爱过的人，不会问彼此这样的问题。

阿尔刻提斯。

—— 剧终 ——

醉
酒
的
女
神

●

The Alcestiad

人
物

克洛托 —— 命运三女神之一

拉刻西斯 —— 命运三女神之一

阿特洛波斯 —— 命运三女神之一

阿波罗 —— 太阳神

转
场

在《阿尔刻提斯之歌》的三幕戏结束后，幕布降下。阿波罗走到幕前。

阿波罗：

（对观众）等一下！等一下！还有一件事。我们现在是在希腊，在这里我们可不希望观众刚看完一个讲述人类艰难悲惨命运的故事就立刻回家。这里有个习俗：我们会要求诗人们写一出短小的羊人剧来娱乐大家，让大家发笑。（悄悄地）我们认为悲剧视角不能单独存在，容易显得太过。就像你们中间有人（指着观众席）说过：无论死亡或是阳光，都经不起人一再地凝视。以及，我们会要求这出羊人剧包含一些元素——关于之前这出戏的——一些其他的视角。所以——应该给大家演点什么呢？讲讲忒瑞西阿斯——那个六百岁的老头，被过分宠爱的老头？神明们时不时地让他变年轻，时不时地把他变成一个女人？还有宙斯和赫拉因为这个事情吵架？（笑了起来，不过努力控制着自己）不，不——不太合适，太粗俗了。希腊人是能包容这种不太得体的故事的，不过（又无法自抑地笑了起来）它是……不，不——不能在这儿演。要么我们讲讲阿尔刻提斯王后的姐妹？她的父亲佩利阿斯就是个蠢老头，两个姐姐也不太聪明。一个家总是这样——只能有一个聪明人。我们也可以讲讲美狄亚是怎么给这两个姐姐吹耳边风，假装告诉她们如何能使父亲返老还童……（突然改变了声调）不！是有些人，只有听到残忍的事情才能笑出来。但这个故事残忍至极，等你们回到家，想起自己在

为这样的故事感到惊奇，也会挺羞愧的。还有
一个故事：不算特别有趣。今晚看戏时你有没
有好奇过，阿德墨托斯国王的生命是如何得到
延续的？那几个厉害的女人，行事怪异的姐妹，
命运三女神——她们也会被骗吗？我们来讲讲
这件事是如何发生的。

他脱掉外面的长袍，里面是一身后厨小伙计的打扮，他
冲着台侧喊着："我的帽子！帽子！"

在这出小戏里，我还是阿波罗，不过假扮成了
一个后厨的小伙计。

从台侧递出来一顶锥形草帽和一条腰带，腰带上挂着洋
葱之类的东西——表示这是个在厨房干活的伙计。他又冲着
台侧喊："我的水壶！"一边喊一边戴上帽子，系上腰带。

阿波罗：

    我讨厌乔装打扮，讨厌喝醉酒的人——

从台侧递出来一根绳子，上面挂着三只壶。

阿波罗：

    看到我脖子上挂的这几个壶了吗？我讨厌撒谎，
讨厌耍花招——但是我要耍花招去干的这件事
情，就算是全能的宙斯来，也只能靠骗：我要
去延长一个人的生命。

他朝着幕布后方或是台侧喊道："都准备好了吗？"又转
过身来对着观众。

    好了，羊人剧的表演准备开始，为这出严肃的
三幕剧《阿尔刻提斯之歌》收尾。

幕布升起，他依然站在舞台前侧的柱子旁边。

　　三位命运女神正坐在一张长凳上，凳子被宽大的裙摆所
覆盖。她们戴着老妇人的面具，风格怪诞却不失威严。克洛
托拿着纺锤，拉刻西斯腿上放着生命之线，阿特洛波斯拿着
剪刀。道具设计要让每一样工具都显得很大，接近两腿之宽。
她们工作时身体前后晃动着，从右至左传递着生命之线。观
众看着她们沉默了好一阵子，只有克洛托偶尔轻声哼两句。

克洛托：

　　　　什么东西，出生的时候四条腿，后来变成两条
　　　　腿？别说！别说！

拉刻西斯：

　　　　（无聊）你知道答案！

克洛托：

　　　　让我假装一下我不知道。

阿特洛波斯：

> 没有新谜语了。咱们全都猜过了。

拉刻西斯：

> 没有谜语的人生真无聊！克洛托，你想一个
> 谜语。

克洛托：

> 安静，等等，给我一分钟想一想……那是什
> 么……那是什么？

> *乔装打扮的阿波罗上场。*

阿波罗：

> （对观众）这就是伟大的三姐妹 —— 命运女神。
> 克洛托编织生命之线，拉刻西斯丈量每一根线
> 的长度，阿特洛波斯把它们剪断。这份决定我
> 们命运的工作千篇一律，她们干得非常无聊，

就像其他无聊的人一样，她们也通过游戏取

乐——解谜题，猜谜语。她们也不能玩牌，因

为双手都被命运之线的工作给占着。

阿特洛波斯：

姐姐！你的胳膊！你干活儿的时候别撞我呀。

拉刻西斯：

没办法——线太太太长了！我没遇到过这么长

的线。

克洛托：

又长，颜色又暗，又脏兮兮的！这么多年就是

个奴隶！

拉刻西斯：

是啊！（对阿特洛波斯）剪了吧，妹妹。（阿特

洛波斯剪线——咔！）这个，剪了。这条是蓝

线 —— 蓝线代表勇敢：很勇敢，很短暂。

阿特洛波斯：

看得出来！（咔）

拉刻西斯：

你差点剪到那条紫色的线，阿特洛波斯。

阿特洛波斯：

这条？紫色是代表国王？

拉刻西斯：

是的，你干活儿的时候小心点，亲爱的。这是
塞萨利国王阿德墨托斯的生命线。

阿波罗：

（在一旁）哎呀！

拉刻西斯：

我标记得很清楚。他日落的时候就会死去。

阿波罗：

（对观众）不！不！

拉刻西斯：

那塞萨利可要满城哀号了。大地震动，人们撕
碎衣裳……不是现在，亲爱的。还有一个小
时呢。

阿波罗：

（在一旁）做点什么！快做点什么，伪装者阿
波罗！

他做出疯狂奔跑的动作，但人仍在原地，他突然停下来，
对观众说话。

在场的有谁没听过那个故事 —— 为什么我那么喜欢阿德墨托斯国王和阿尔刻提斯王后？

他坐到地上，伸出自己的食指，继续说着。

是十年以前吧？我对时间没什么概念，我是太阳神，走到哪里哪里就是白天。差不多是十年前，我的父亲，咱们大家的父亲，对我非常生气。我干了什么吗？

他来回摆弄着手指。

先别问这个，就忘了吧……总之，他对我降下了一个惩罚。他命令我到地上来，在人类当中生活一年。—— 我，作为一个普通人，一个仆人。我选择了到塞萨利去，成为阿德墨托斯国王的牧人。我半隐藏了自己的身份，大家知道点什么，但也不太清楚。我就像一个普通人一样生活，在他们身边，就像此刻在你们身边，在公义的人身边，也在不义的人身边。每一天，国王都会对我和其他牧人下指令，每一天，王后也会关心我们的生活是否顺利，家人是否安好。我渐渐喜欢上了阿德墨托斯国王和阿尔刻提斯王后，因为他们，我渐渐喜欢上了人类。现在阿德墨托斯要死了。（起身）不行！我有我的计划，我要阻止这件事情，要做点什么。做点什么，伪装者阿波罗。

他又开始在原地疯狂跑步，大声地抱怨着。

哦，我的后背！哎呀，哎呀。他们打我，更惨的是我要迟到了，我又要挨打了。

拉刻西斯：

这个哭哭啼啼的人是谁？

阿波罗：

> 别拦着我，我都没有机会说说话。我已经迟到
> 了，而且，我的差事还是个秘密，什么都不
> 能说。

阿特洛波斯：

> 拉刻西斯，用你的线把他围住。这个傻子能有
> 什么秘密？我们才是知道所有秘密的人。

　　放在三姐妹腿上的线，观众是看不到的。拉刻西斯站了
起来，她的手在头顶挥舞转了三个大圈，像是要丢出一个套
索，随即套索圈住了舞台上的东西。阿波罗摆出被捉住的姿
势。拉刻西斯每次用力一拉，阿波罗就被拽得离她更近。在
接下来的一段台词中，拉刻西斯把线的另一头举在空中，一
会儿把阿波罗高高拎起来，几乎要勒死他，一会儿又把他摔
在地上。

阿波罗：

> 夫人们，美丽的夫人们，放过我吧。要是我迟
> 到的话，整个奥林匹斯山都要闹起来了。阿佛
> 洛狄特会担心得发疯的 —— 哦，我说得太多
> 了。我的任务是立刻前往，什么都别说 —— 尤
> 其是不要和女人说。这件事男人不会感兴趣。
> 夫人们，放我走吧。

阿特洛波斯：

> 姐姐，把你的线拽紧。

阿波罗：

> 我要窒息了，你要把我勒死了。

拉刻西斯：

> （强迫他）别发牢骚了，现在就把你的秘密说
> 出来。

阿波罗：

我不能说。我不敢。

阿特洛波斯：

再紧一点，姐姐。孩子，要么说秘密，要么就
窒息。（做把他勒住的手势）

阿波罗：

噢！噢！等一下！你们要是能放我走，我说
一半。

阿特洛波斯：

全说出来，要么我们就把你挂在这根绳子上。

阿波罗：

我说，我说。不过——（担忧地看看自己）你们
发誓，指着冥河起誓，你们不会告诉任何人，
指着遗忘河起誓，你们会把它忘掉。

拉刻西斯：

> 我们只有一种誓言 —— 指着黄泉起誓。不过我
> 们不会发誓的 —— 更何况是为你一个哭唧唧的
> 小奴隶。你现在就把知道的事情告诉我们，否
> 则你立刻就能见到这几条河。

阿波罗：

> 我害怕，我真的是不敢说。我 …… 嗯 …… 我
> 带着…… 来的…… 那些瓶子…… 哦，夫人们，
> 放我走吧。放我走吧。

克洛托和阿特洛波斯：

> 使劲拉，姐姐。

阿波罗：

> 不要！不要！我说！我带的酒是要送给…… 送
> 给阿佛洛狄特。每十天她就要喝这些酒…… 来
> 恢复自己的美貌。

阿特洛波斯：

骗子！傻子！她喝神仙的酒，吃神仙的食物，
和大家都一样。

阿波罗：

(悄悄地)但她却是最美的？ ……这是赫菲斯
托斯的礼物，来自狄奥尼索斯的葡萄园，这些
酿酒的葡萄是在阿波罗的注视下成熟的——那
位从不说谎的阿波罗。

三姐妹：

(心照不宣地，带着雀跃的期待)姐妹们!

阿特洛波斯：

(甜甜地)好孩子，把那些瓶子拿过来。

阿波罗：

(害怕地)这可不行！夫人！我已经把秘密都告

诉你们了！这可不行！

阿特洛波斯：

拉刻西斯，你肯定，能从那堆线里面找到这个不值一提的奴隶的生命线吧——一根黄色的长长的线？

阿波罗：

（跪在地上）饶了我吧！

阿特洛波斯：

（对拉刻西斯）看，就在这儿——土黄土黄的，因为不诚实，所以缠成一坨；因为固执，所以线很硬；因为愚蠢，所以粗细不均。亲爱的，把线递给我。

阿波罗：

（前额贴着地面）哦，真希望我从来没有出

生过！

拉刻西斯：

（递给阿特洛波斯）给。（打了个手势）我本来是
想给剪成五段的。

阿波罗：

（起身，把酒瓶递给她们，啜泣着）给，你们拿
走！都拿走！反正我怎么都是死。阿佛洛狄特
也会杀了我的，我的命就这么长了。

三姐妹拿起瓶子，态度强硬。

阿特洛波斯：

一个字都别说了。把嘴闭上，我们不想听你说
话了。

阿波罗身上的绳索被松开，他头朝地摔下来，肩膀撞

到地上。三姐妹对着酒壶喝了起来，她们一边喝一边开心地喊着。

三姐妹：

　　姐妹们！

拉刻西斯：

　　妹妹，我看起来怎么样？

阿特洛波斯：

　　噢，我简直想吃了你，我呢？

克洛托：

　　姐姐，我看着怎么样？

拉刻西斯：

　　美！太美了！我呢？

阿特洛波斯：

可惜这山上一面镜子都没有，一小片水池也没有，没法让我们知道谁是最美的。

拉刻西斯：

（做梦一般，把手放在自己的脸上）我感觉……克罗诺斯在追我，要在一个黑暗的角落把我抓住。

阿特洛波斯：

波塞冬要发疯了 —— 在大陆上横冲直撞，想要把我吞掉。

克洛托：

我自己的父亲 —— 谁又能怪他呢？ —— 他已经不是他自己。

阿特洛波斯：

> （轻声地）他也不是一点用处都没有。而且，他也不丑。（对克洛托）问问他，他看到了什么。

拉刻西斯：

> 问问他，我们之中谁是最美的。

克洛托：

> 孩子！孩子！你说话可以。我是说，你……你可以嗦（说）。拉刻基（拉刻西）斯，你跟他嗦（说），我涩头（舌头）不好使了。

拉刻西斯：

> 孩子，你看着我们！你来说说，谁是最美的。

　　阿波罗一直脸朝着地面，他站起身来，盯着三姐妹看了看。他表现得好像自己要瞎了一样，捂住眼睛又松开手，盯着她们每个人看了半天。

阿波罗：

> 我干了什么呀？这些美丽的光辉！我干了什
> 么？——你——还有你——还有你！如果你们
> 想，就杀了我吧，但我真的说不出来你们哪一
> 位更美。(跪在地上)哦，夫人们——如果更
> 多的美貌并没有让你们变得更加残忍，那就放
> 我走吧，让我躲起来。阿佛洛狄特肯定会知道
> 这件事。让我逃回克里特去，回去做我从前的
> 工作。

阿特洛波斯：

> 好孩子，你以前是做什么的？

阿波罗：

> 我在集市上跟我父亲一起工作，我讲故事，说
> 谜语。

> 三姐妹惊呆了，她们简直要尖叫起来。

三姐妹：

什么？你刚才说什么？

阿波罗：

讲故事，说谜语。美丽的夫人们也喜欢谜
语吗？

三姐妹：

（来回摇晃着身体，互相拍打着对方）姐妹们，
我们喜欢谜语吗？

阿特洛波斯：

哦，他知道的也就是那些老谜语了。噗！瞎了
的马……大脚趾……

拉刻西斯：

天上的云……赫拉的眼睫毛……

克洛托：

　　　（喋喋不休）什么东西，出生的时候四条腿？

阿特洛波斯：

　　　海豚……埃特纳……

阿波罗：

　　　这些大家都知道了！我有一些新的谜语——

三姐妹：

　　　（又一次尖叫）新谜语！

阿波罗：

　　　（缓缓地）是什么必须——

　　他停了下来，三姐妹完全被他吸引住了。

拉刻西斯：

　　然后，孩子，然后。是什么必须——

阿波罗：

　　不过 —— 要有赏罚我才玩。这样！如果我
输了……

克洛托：

　　如果你酥（输）了，你必西（须）告述（诉）我
们，谁四（是）最美滴（的）。

阿波罗：

　　不！不！我不敢！

拉刻西斯：

　　(尖声地)你必须！

阿波罗：

　　要是我赢了呢？

阿特洛波斯：

　　赢？白痴！蠢货！奴才！没人赢过我们！

阿波罗：

　　但是，要是我赢了呢？

拉刻西斯：

　　他知不知道我们是谁！

阿波罗：

　　但是，要是我赢了呢？

克洛托：

　　这个傻子还敢嗦（说）赢！

阿波罗：

要是我赢了，你们必须满足我一个愿望。一个

愿望，随便什么愿望。

拉刻西斯：

行，行啊。哦，你可真无聊！快说谜语吧，是

什么必须——

阿波罗：

指着黄泉起誓！

克洛托和拉刻西斯：

我发誓！指着黄泉起誓！指着黄泉起誓！

阿波罗：

（对阿特洛波斯）你也发誓。

阿特洛波斯：

    （思考了一下，大声地）指着黄泉起誓！

阿波罗：

    那么，准备好了吗？

拉刻西斯：

    等一下！一下。（靠近阿特洛波斯，悄悄地）太阳快落山了。你别忘了阿德——你知道，生命线，阿德——

阿特洛波斯：

    什么？什么阿德？你在嘀嘀咕咕什么呢，傻子？

拉刻西斯：

    （大声）你别忘了塞萨利国王，阿德墨托斯的生命线。日落时分，阿特洛波斯，你是聋了吗？

阿特洛波斯：

噢，你别再啰里啰唆了，管好你自己的事吧。

我当然没聋！孩子，接着说你的谜语！

阿波罗：

好！你们的猜谜时间，就是背诵缪斯女神和她

们母亲姓名的时间。

拉刻西斯：

嗯！九位女神，一位母亲。行，开始！

阿波罗：

对每个生命来说都是必须 —— 却只能拯救其中

之一，是什么？

三姐妹闭上眼睛前后摇晃着身体，嘴里嘟囔着谜题。阿

波罗突然开始向缪斯女神们唱起祈祷的歌谣来。

阿波罗:

摩涅莫绪涅，九女神的母亲;

波吕许谟尼亚，众神的香气——

拉刻西斯:

(尖叫道)别唱了! 这不公平! 你这样我们怎么

思考?

克洛托:

姐姐，你把耳朵捂上啊。

阿特洛波斯:

不公平! (嘟囔着)对每个生命来说都是

必须——

她们把手指插进耳朵里。

阿波罗：

　　　　埃拉托，爱的声音；

　　　　欧忒耳珀，请帮助我。

　　　　卡利俄珀，灵魂的窃贼；

　　　　乌拉尼亚，被众星包裹；

　　　　克利俄，回望的目光；

　　　　欧忒耳珀，请帮助我。

　　　　忒耳西科瑞，美丽脚踝的守护者；

　　　　塔利亚，带来漫长的欢乐；

　　　　墨尔波墨涅，令人害怕却也喜爱；

　　　　欧忒耳珀，请帮助我。

　　　　(突然大声地)惩罚！惩罚！

　　克洛托和阿特洛波斯将脸埋在拉刻西斯的肩上，抱怨叹息。

拉刻西斯：

　　　　(有气无力)答案是什么？

阿波罗：

  （把帽子丢在一边，带着胜利的语气）是我！太

  阳神阿波罗！

三姐妹：

  阿波罗！是你？

拉刻西斯：

  （十分生气）呸！你能救谁的命？

阿波罗：

  我赢得的！我的愿望！一个人的性命！塞萨利

  之王，阿德墨托斯的性命。

  三姐妹之中爆发了一阵令人害怕的喧闹声。

三姐妹：

  骗子！不可能！这你别想了！

阿波罗:

指着黄泉起誓。

三姐妹:

这会违反所有的法则。宙斯会审判的，骗子。

阿波罗:

(警告)指着黄泉起誓。

三姐妹:

宙斯！我们要去找宙斯说这件事，他会决定的。

阿波罗:

宙斯也是指着黄泉起誓，并且会遵守自己的
誓言。

突然静场。

阿特洛波斯：

(下了决心，但带着不祥的语气) 你可以实现你的愿望——阿德墨托斯国王的性命。不过——

阿波罗：

(带着胜利的语气) 我救了阿德墨托斯的命！

三姐妹：

不过——

阿波罗：

我救了阿德墨托斯的命！你还要说什么？

阿特洛波斯：

需要有人替他去死。

阿波罗：

（轻松地）哦——随便选个奴隶就好。在你们那

些线里找一根灰色、油腻的线就好了，圣洁的

拉刻西斯。

拉刻西斯：

（十分愤怒）什么？你让我拿走别人的性命？

阿特洛波斯：

你让我们杀人？

克洛托：

阿波罗觉得我们都是刽子手？

阿波罗：

（感到有些畏惧）那，伟大的命运女神们，这件

事怎么办呢？

拉刻西斯:

我——一个杀手? (张开双臂, 庄严地) 我的左
手是人生际遇, 我的右手是自然规律。

阿波罗:

那, 仁慈的命运女神们, 这件事怎么办呢?

拉刻西斯:

必须有人为阿德墨托斯国王献出自己的生命,
出于自己的选择和意愿。对于这样的死亡, 我
们无法掌控, 无论是人生际遇还是自然规律,
都无法控制出于自由意志的奉献。必须有人选
择代替塞萨利国王阿德墨托斯去死。

阿波罗:

(用手捂住自己的脸) 不! 不! 我知道要发生什
么了! (大喊道) 阿尔刻提斯! 阿尔刻提斯!

他跌跌撞撞地跑下场。

—— 剧终 ——

图书在版编目（CIP）数据

阿尔刻提斯之歌 /（美）桑顿·怀尔德著；黄七阳译 . —
广州：广东人民出版社，2024.8
　书名原文：The Alcestiad
　ISBN 978-7-218-17343-6

　Ⅰ . ①阿⋯　Ⅱ . ①桑⋯　②黄⋯　Ⅲ . ①戏剧文学—剧
本—美国—现代　Ⅳ . ① I712.35

中国国家版本馆 CIP 数据核字（2024）第 010981 号

A'ERKETISI ZHI GE

阿尔刻提斯之歌

［美］桑顿·怀尔德 / 著　　黄七阳 / 译　　　　版权所有　翻印必究

出 版 人：肖风华

责任编辑：李幼萍　刘志凌
特约编辑：刘美慧
责任校对：李伟为
装帧设计：崔晓晋
责任技编：吴彦斌

出版发行：广东人民出版社
地　　址：广州市越秀区大沙头四马路 10 号（邮政编码：510199）
电　　话：（020）85716809（总编室）
传　　真：（020）83289585
网　　址：http://www.gdpph.com
印　　刷：广东信源文化科技有限公司
开　　本：787mm×1092mm　1/32
印　　张：8.625　**字　数：**130 千
版　　次：2024 年 8 月第 1 版
印　　次：2024 年 8 月第 1 次印刷
著作权合同登记号：图字 19-2024-037 号
定　　价：42.00 元

如发现印装质量问题，影响阅读，请与出版社（020-85716849）联系调换。
售书热线：020-87716172

解读怀尔德笔下的
伟大寓言

跨越百年的传奇

通过视频和图片，开启传奇的文学之旅。

最后的寓言家

感受桑顿·怀尔德的文字力量。

普利策获奖作品

一起盘点普利策获奖作品。

电子书试读

试读文学经典，收获智慧人生。

微信扫码